二見文庫

# 誘惑は土曜日の朝に

葉月奏太

# 目次

# 誘惑は土曜日の朝に

# 第一章　突然の来訪

1

十二月のとある土曜日――。

松山大樹《まつやまだいき》はアパートの自室でゴロゴロしていた。

時刻は朝九時になるところだ。カーテンごしに射しこむ日の光は眩く輝いている。恋人がいれば最高のデート日和だろう。しかし、せっかくの休日だというのに、遊びに行く予定はなかった。

先ほどから目は覚めているが、とくにやることもない。暖房をつけると電気代が高くなるので、ベッドで横になったまま毛布にくるまり、なんとなくスマートフォンをいじっていた。

大樹は二十一歳の大学三年生だ。

山梨県の田舎町に生まれ育ち、大学進学を機に上京した。以来、この希望荘という名前のアパートに住んでいる。築二十年の木造モルタル二階建て全八戸、六畳一間のワンルームだ。

入居当初はきれいにしていたが、今はすっかり散らかっている。

部屋のいちばん奥にベッド、その前には卓袱台《ちゃぶだい》、壁ぎわにカラーボックスがふたつある。テレビはないが、小型の冷蔵庫と二層式の洗濯機をキッチンの並びに置いていた。

床には脱いだ服や雑誌が散乱して、卓袱台の上にはカップラーメンやコンビニ弁当の空容器、ペットボトルがいくつも散乱している。すぐに捨てればいいのだが、あとまわしにしているうちにたまってしまった。

部屋に遊びに来るほど親しい友人がいないのも、掃除をしない一因になっていた。大学に行けば、言葉を交わす友達はいる。だが、都会に気後れして、今ひとつなじめていなかった。

その結果、休日はこうして部屋で暇を持てあましている。

アルバイトをしていた時期もあったが、仕送りだけでもなんとかやっていけるので辞めてしまった。

(腹、減ったなぁ……コンビニでも行くか)

そう思ったとき、ピンポーンッという電子音が響いた。

どうやら来客らしい。とはいえ、友人が訪ねてくるはずもなく、荷物が届く予定もない。ということは、新聞の勧誘かなにかだろう。

大樹はベッドで横たわったまま、再び視線をスマホに戻した。

おもしろい話題はないかと指先でスワイプをくり返す。しかし、とくに目新しい記事はない。芸能人のゴシップやスポーツの話題ばかりで、とくに興味を惹かれるものはなかった。

呼び鈴はまだ鳴っている。

新聞の勧誘にしては、やけにしつこい。そんなことを考えていると、今度はドアをコツコツとノックしはじめた。

(もしかしたら、知り合いか?)

ふと、そう思った。

普段なら無視するが、今日に限ってなぜか気になる。大樹は起きあがると、足音を忍ばせて玄関に歩み寄った。そして、片目をドアスコープに当てて外の様子を確認する。

（えっ……）

そこには意外な人物が立っていた。

いったん目を擦って見直すが間違いない。慌てて解錠すると、ドアを大きく開け放った。

「み、美波《みなみ》……」

名前を呼んだとたん、熱いものが胸にひろがっていく。それ以上、言葉が出なくなり、大樹はドアノブをつかんだ状態で固まった。

「久しぶりだね」

彼女はぽつりとつぶやいた。

「ど、どうしたの？」

大樹は激しく困惑しながら、なんとか言葉を絞り出す。すると、彼女は口もとに柔らかい微笑を浮かべた。

「あっ……こんな格好してるけど、寝てたわけじゃないよ」

大樹は慌ててつぶやいた。

グレーのスウェットの上下を着ている。髪もボサボサで、いかにも寝起きという状態だ。

「横にはなってたけど、もう目は覚めてたから」

「わかってるよ」

そう言って笑ったのは天海《あまみ》美波、大樹の幼なじみだ。

同い年で家がすぐ近所だったため、物心つく前から遊んでいた。美波の実家は村で唯一の神社だ。母親が宮司を務めており、父親はごく普通の会社員という少し変わった家庭だった。

とはいえ、そんなことは子供に関係ない。ふたりでよく山へ虫を捕りに行ったり、川で泳いだりしたのを覚えている。小学校から高校まで同じで、なにをするのもいっしょだった。

まるで兄妹のように育ったが、いつしか大樹は美波のことを女性として意識するようになっていた。

あれは高校生のときだった。

ある日、美波の胸のふくらみを見てドキリとした。ふっくらとしてまるみがあり、やけに艶《なま》めかしく感じた。そのあとも普通に接してきたが、内心では彼女の変化が気になって仕方なかった。

高校を卒業するころには、はっきり恋だと自覚していた。

しかし、距離が近すぎて告白できなかった。断られたときのことを考えると怖かった。これまでの関係を崩したくない。そんな思いから、恋心を胸の奥にしまいこんだ。

そして、ふたりとも東京の大学に進学した。

別の大学だが、その気になればいつでも会える。見知らぬ土地で頼れる人はいないので、ふたりの距離が縮まるのではないか。上京前はそんなことを期待していた。

ところが、理想と現実はほど遠かった。

上京した当初、大樹は都会にとまどいながらも、新しい生活に慣れようと必死だった。友達を作り、なんとか周囲に溶けこもうとしていた。しかし、結果としては、なじめないまま浮いてしまった。

一方、美波は大学ですぐに友達ができたらしい。高校のときも人気者だったので、キャンパスライフを楽しんでいる姿が想像できた。

なんとなく、こちらから連絡を取りづらかった。

新しい友達と仲よくやっているのなら、自分など相手にされない気がした。彼女が東京になじんでいるならなおさらだ。ときどき美波のほうからメールが来るので、それには返信をしていた。

──俺も友達がたくさんできたよ。

──今日はみんなで飲みに行くんだ。

──東京って楽しいな。

強がってそんな言葉を返したが、そのたびに虚しくなった。

正月やお盆に帰省したときは、田舎で何度か会っていた。美波はますますかわいくなっており、眩くて遠い存在に感じた。

だからこそ、美波の訪問に驚きを隠せない。なにか急を要することでもあったのだろうか。

今日の美波は赤いチェックのミニスカートにクリーム色のハイネックのセーター、その上に茶色のダッフルコートを羽織っている。セミロングの黒髪が肩を撫でており、目が大きくて愛らしい。

（やっぱり、かわいいな……）

つい、まじまじと見つめてしまう。

アイドルグループのメンバーでもおかしくないと、大樹は昔から密かに思っていた。

「いきなり来て、ごめんね」

美波がそう言った瞬間、なにかが心に引っかかった。

（あれ？）

思わず首をかしげる。

予想外の訪問だ。それなのに、なぜかいきなりの感じがしない。驚いたのは最初だけで、今は不思議と落ち着いている。そんな変化が、自分のことでありながら理解できなかった。

「ま、まあ……とりあえず、あがってよ」

外は冷たい風が吹いている。頭のなかは混乱しているが、とにかくドアをさらに大きく開いた。

「お邪魔します」

美波は躊躇することなく白いスニーカーを脱いで部屋にあがる。

「座布団がないから、適当に――」

言い終わる前に、彼女は大樹の横をすり抜けていく。

大樹はドアノブをつかんだまま振り返り、部屋の奥に向かう美波を目で追いかけた。

美波はダッフルコートを脱ぎ、壁のフックにぶらさがっていたハンガーにかける。そして、迷うことなくベッドに腰かけた。所作に無駄がなく、すべては流れるような動きだった。

そんな彼女の行動に違和感を覚えた。

幼なじみの部屋だから遠慮していないだけかもしれない。しかし、それにしても、なにかおかしい。この胸がもやもやする感じはなんだろうか。原因がわからないまま、大樹は玄関ドアを閉めて部屋に戻った。

（おっ……）

次の瞬間、思わず目を見開いて立ちつくした。

美波はダッフルコートを脱いだため、セーターの胸もとが露《あらわ》になっている。タイトなデザインなので、乳房の形が生々しく浮かびあがっていた。

以前より大きくなったのではないか。まるまるとしたふくらみは、まるでセーターのなかにメロンをふたつ入れているようだ。ウエストが細いため、なおさら乳房のボリュームが強調されていた。

しかも、ベッドに座ったことで、ミニスカートの裾がずりあがっている。ストッキングを穿いておらず、健康的な太腿が付け根近くまで剝き出しだ。白くてスベスベした肌を、ついつい凝視してしまう。

「ねえ、だいちゃん」

美波の声ではっとする。

(ど、どこを見てるんだ)

大樹は自分を戒《いまし》めると、慌ててむっちりした太腿から視線を引き剝がす。すると、美波はなにやら微妙な表情を浮かべていた。

卑猥な視線に気づいて怒ったのだろうか。いや、あれはなにかを隠しているときの顔だ。つき合いが長いからわかる。表向きは普通に振る舞っているが、なにか心配なことがあるに違いない。

「今日は暇なんでしょ」

美波が再び語りかけてくる。

平静を装っているが、やはり気になることがあるらしい。どこか落ち着かない顔をしていた。

「暇ってわけじゃ……まあ、急ぎの用事はないけど……」

本当は彼女の言うとおりだが、暇を持てあましていると思われたくない。ぼそぼそつぶやいたとき、物が散乱しているのが目に入った。

(や、やばいっ)

慌てて這いつくばり、ボクサーブリーフやきわどいグラビア誌をかき集めるとクローゼットに押しこんだ。

恐るおそる振り返ると、美波はベッドに腰かけてぼんやりしていた。なにか別のことを考えているのだろう。散らかった部屋も目に入らないほど、気になることがあるようだ。

「寒いな。今、暖房つけるよ」

沈黙を嫌って語りかける。

エアコンのリモコンを探すついでに、卓袱台の上のゴミをポリ袋につっこんでいく。すると、弁当の空容器の下からリモコンが現れた。

暖房のスイッチを入れてしばらくすると、稼働音が静かに響きはじめる。沈黙が強調される気がして、なおさら空気が重くなっていく。その間、美波は黙りこんだままだった。

「なんかあったの?」

無言に耐えきれなくなり、ストレートに尋ねた。

「別に……わたしも暇だから遊びに来たの」

美波はとくに目的はないと言う。だが、なにかを気にしており、大樹の顔をチラチラ見ていた。

「でも、美波がうちに来るの、はじめてじゃん。だから、びっくり――」

自分の言葉にはっとする。今度は大樹が黙りこむ番だった。

美波がこの部屋に来るのは、これがはじめてだ。しかし、最寄りの駅は教えたが、それ以外のことは知らないはずだ。いつでもメールで連絡可能だし、住所はもちろんアパートの名前もとくに伝えた覚えはなかった。

（どうやって、ここに……）

質問しようとしたとき、別の疑問が脳裏に浮かんだ。

美波が部屋に入ってからの行動もおかしかった。まるで以前にも来たことがあるように、ごく自然に部屋の奥まで行ってベッドに腰かけた。

はじめての部屋なら、いろいろ気になるのが普通ではないか。しかし、美波は部屋を見まわすことすらしなかった。床に落ちているパンツや雑誌も目に入っていない様子だ。

（よっぽど心配なことがあるんじゃ……）

そんな気がしてならない。

ほかのことに気がまわらないほどの心配事を抱えているのではないか。それを相談したくて、突然、訪れたのかもしれない。だが、ここの住所をどうして知っているのかは、わからないままだ。

（もしかして……）

大樹の実家に電話をして聞いたのではないか。

あり得る話だ。母親も美波にならあっさり教えるに違いない。それしか考えられないが、メールですむのにそんなまわりくどいことをする理由が謎だ。美波が抱えている問題と関係あるのだろうか。

（直接、俺に聞けばいいのに……）

大樹は卓袱台を挟んで、床に腰をおろした。

すると、視線の先に美波の膝があった。ミニスカートの奥が気になり、自然と視線が吸い寄せられる。膝をそろえているのでなにも見えないが、ついつい凝視してしまう。

ツルリとした膝を寄せて、無駄毛のない白い臑《すね》を斜めに流している。陶磁器のようになめらかな肌が、艶々と輝いていた。

「だいちゃん……」

穏やかな声で呼ばれて顔をあげる。すると、美波と視線が重なった。

(うっ……な、なんだ？)

心臓がドクンッと激しく拍動した。

瞬く間に全身が熱くなり、頭のなかが燃えあがったような感覚に襲われる。それと同時に、夢か現実かの区別がつかなくなった。

2

「大丈夫？」

美波が見つめている。

大樹はすぐに答えることができない。なにやら体がふわふわして、頭がボーッとしている。まるで寝起きのように考えがまとまらなかった。

「ここの住所……俺が教えたんだっけ？」

ふとそんな気がした。

つい先ほどまで、急に美波が訪ねてきたことが不思議だった。てっきり実家に住所を聞いたのかと思ったが、今は自分が教えたような気がしている。

「確か、メールで……」

「そうだよ。わかるの？」

美波が両目を大きく見開いた。

わかるの？って……。なにをそんなに驚いているのだろうか。彼女の考えていることが、まったくわからない。だが、以前にもこんな会話を交わした気がした。

「俺が……教えたんだ」

話しているうちに、どんどん確信に変わっていく。深い海底に沈んでいた記憶が、ゆっくり浮上しているような感覚だ。

「そうだよ……俺が、美波に……」

大樹がこのアパートの住所を美波に教えた。それなのに、どうして忘れていたのだろうか。

小一時間前のことだ。

朝、目を覚まして、ベッドでゴロゴロしながらスマホをいじっていた。そのとき、美波からメールの着信があったのだ。

――だいちゃんのアパートの住所を教えて。

なにやら慌てている感じだったので、すぐに返信した。それっきり美波からは連絡がなかった。

なぜか、すっかり忘れていた。

ついさっきのことなのに、ずっと前の出来事だったような気もする。どこか現実感がなく、ふわふわした感じがしていた。

「だ、だいちゃん……」

美波の声が震えている。

「わかるんだね」

そうつぶやく彼女の瞳に涙が滲んでいた。

大樹は黙りこんだ。わかるんだねと言われても、どう答えればいいのかわからなかった。

「今日はきっと大丈夫だよね」

美波がベッドに腰かけたまま前のめりになり、卓袱台の上に身を乗り出す格好になっていた。

（大丈夫って……なんのこと？）

心のなかでつぶやくが、口には出せない。

大樹は肯定も否定もせずに黙りこんだ。よくわからないが、瞳を潤ませるほど感激している美波をがっかりさせたくなかった。

「じゃあ、今日こそ――」

「ちょ、ちょっと待って」

大樹は慌てて口を挟んだ。

なにやら美波はひとりで盛りあがっている。一度は聞き流したが、確認するなら早いほうがいいと思った。

「あのさ……なんの話？」

遠慮がちに尋ねる。すると、あっという間に彼女の顔から笑みが消えた。

「昨日のこと、覚えてる？」

「えっと、昨日は金曜日だから――」

大樹が答えようとすると、美波は首を小さく左右に振った。

「昨日っていうか、正確には昨日じゃないけど……」

なにを言いたいのか、さっぱりわからない。要領を得ない説明に、大樹は思わず首をかしげた。

「なに言ってんの？」

「やっぱり、覚えてないんだね」

その声から彼女の落胆が伝わってきた。

肩をがっくり落としている。思いつめたような表情を浮かべて、下唇を噛みしめた。

「どうしたんだよ？」

長いつき合いだが、美波のこんな顔は一度も見たことがない。

昔から美波は文武両道で、しかも明るくて前向きな性格だ。勉強も運動も苦手な大樹を、いつも励ましてくれた。そんな美波がこれほど落ちこんだ顔をするとは、よほどのことに違いない。

（いったい、なにが……）

いくら考えてもわからない。

とにかく、美波は相談したいことがあって来たが、言い出せずにいるのではないか。そんな気がしてならなかった。

「さっきは、メールのこと忘れてて、ごめん……」

黙っていても進展はない。なにか話さなければと思って、大樹のほうから語りかけた。

「気にしないで」

「でも……」

「メールのことは思い出してくれたでしょ。それだけでうれしいよ」

美波はそう言ってくれるが、明らかに落胆している。だからといって、本題を切り出す気配もない。相談ごとがあるのに、いざとなると切り出すことができないのだろうか。

「そうだ。ちょっとコンビニに行ってくるよ」

なんとかして場の空気を変えたい。そうすれば、彼女の気分も変わり、話をしやすくなるかもしれないと思った。

「俺、朝飯を買ってくる。美波もなんか食べるでしょ？」

そう言いながら立ちあがり、玄関に向かって歩いていく。すると、美波が慌てた様子で追いかけてきた。

「行っちゃダメっ」

いきなり、背後から抱きついてくる。両腕を大樹の体にしっかりかりまわして、強く締めつけてきた。

「な、なにやってるんだよ」

思わず声をあげるが、なにかおかしい。ふざけているのかと思ったが、そんな雰囲気ではなかった。

なぜか美波は身体を密着させて、離れようとしない。セーターの乳房が背中に押しつけられているのがわかる。昔からいたずら好きだが、いくらなんでもここまでしないだろう。

「み、美波？」

突然のことに動揺しながら、遠慮がちに声をかける。すると、美波は頬を背中に強く押し当てた。

「コンビニに行かないで」

懇願するような声だった。

「でも……腹が減ったから……」

実際、食欲など消え失せている。なにしろ、美波が密着しているのだ。もう彼女のことしか考えられない。女体の柔らかさと体温が伝わり、胸の鼓動が異常なほど速くなっていた。

「ご飯なら、わたしが作ってあげる」

美波が抱きついたままつぶやいた。

以前、お菓子作りは得意だが、料理は苦手だと言っていた。ひとり暮らしをはじめて、料理の腕前が上達したのかもしれない。いや、そんなことより彼女が抱きついていることのほうが問題だ。

（や、やばい……）

ペニスがズクリッと疼《うず》いた。

その直後、ボクサーブリーフのなかで、むくむくとふくらみはじめる。精神力で抑えこもうとするが、もうどうにもならない。スウェットパンツの前が内側から押しあげられて、瞬く間にテントを張ってしまった。

（くっ……）

大樹は額に汗を滲ませながら、必死にごまかす方法を考えた。

今は背中を向けているのでバレていない。前を向かなければ大丈夫だ。このまま美波を振りきり、コンビニに向かうしかない。

「す、すぐそこだから……」

そう言って美波の手を引き剝がそうとする。ところが、彼女は手にますます力をこめて、強くしがみついてきた。

「な、なにしてるんだよ」

そんなことをされると、ペニスがさらに硬くなってしまう。先端から我慢汁が溢れて、ボクサーブリーフの裏側を濡らしていくのがわかった。

「ダメ……行かないで」

美波の声が聞こえる。

なにやら切迫したものを感じて、大樹は彼女の手を振り払えなくなる。思わず固まると、美波が抱きついた状態で前にまわりこんだ。

その結果、スウェットパンツのふくらみと、彼女の下腹部が密着する。ミニスカートに包まれた柔らかい部分に、鉄棒のように硬くなったペニスがめりこんでいた。

「あっ……」

美波が小さな声を漏らす。

下腹部に当たっているのがペニスだと気づいたらしい。見あげてくる顔が、みるみるまっ赤に染まっていく。しかし、なぜか身体を離そうとしない。それどころか、自ら下腹部を押しつけてきた。

「うっ……こ、これは、その……」

懸命に言いわけを考えるが、なにも思いつかない。そんなことをしている間にペニスはさらに硬くなっていく。

「コンビニなんて行かないで」

美波が小声で語りかけてくる。顔を赤くしながら、やけに真剣な表情で見つめていた。

「わたしと、いっしょにいて」

彼女の黒髪から甘いシャンプーの香りが漂ってくる。無意識のうちに吸いこむと、頭の芯がクラクラした。

「み、美波……」

いったい、どうしたというのだろうか。彼女の考えていることが、まったくわからない。

(まさか、美波も俺のことを……)

想像するだけで照れてしまう。

だが、美波も大樹のことを想っていると仮定すれば、彼女の謎の行動の数々も説明がつく。今、こうして抱きついているのも想いが暴走した結果なら、あり得ない話ではない。

（いや、でも……）

あまりにも展開が急すぎる。

清純な美波が、いきなり抱きついてくるなど考えられない。そもそも、幼いころに手をつないで以来、彼女に触れたこともないのだ。

「コンビニに行かないって、約束して」

美波が語りかけてくる。両手を大樹の体にしっかりまわしており、決して離れようとしなかった。

「わ、わかったよ。約束する」

気圧されて思わずうなずいた。

しかし、美波は納得していない。抱きついたまま、大樹の真意を探るような目で見あげていた。

「この前も、そう言ってたのに……」

不服そうにつぶやき、いっそう腕に力をこめる。もう逃がさないといった感じで、しっかり抱きついていた。

「こ、この前って？」

大樹は遠慮がちに尋ねる。

ところが、美波はなにも答えない。ただ黙って、大樹の目を見つめている。こうしている間も、勃起したペニスが彼女の下腹部にめりこんでいるのだ。それが気まずくて大樹は思わず視線をそらした。

「どうして目をそらすの？」

すかさず美波がつぶやく。視線を戻すと、彼女の瞳はうっすら潤んでいた。

「昨日のこと……本当になんにも覚えてないの？」

消え入りそうな声だった。

美波の淋しげな瞳が気になって仕方がない。そんなに大切なことを忘れてしまったのだろうか。

（うっ……）

頭の芯がズクリッと疼いた。

とっさに右手の指先をこめかみに押し当てる。一瞬、なにかを思い出しそうな気がした。埋もれていた記憶が再び浮かびあがりそうな気配がある。なにか特別なことがあったはずだ。

「き、昨日……なにか……」

どんなに考えても思い出せない。頭が割れるように痛くなる。こめかみを強く圧迫すると、頭痛は徐々に消えていく。だが、なにかを思い出しそうな気配も遠のいてしまう。

「くっ……」

「だいちゃん、無理しないで」

美波が心配そうに見つめている。

「なにか思い出したの？」

「い、いや……でも、なんか……」

胸がもやもやする。

大樹にとって、とても大切なことがあったはずだ。それなのに具体的な内容は思い出せない。特別なことがあったのは確かだが、なぜか記憶がすっぽり抜け落ちていた。

「ねえ、ファーストキスっていつ？」

唐突に美波が尋ねてくる。

突然なにを言い出したのだろうか。思わず見やると、意外にも美波は真剣な目をしている。

まだ大樹は童貞で、キスの経験もない。だが、そのことを美波に知られるのは恥ずかしかった。

「な、なに言ってんだよ」

羞恥をごまかすため、ついぶっきらぼうな口調になってしまう。それでいながら、大樹の視線は美波の唇に向いていた。

新鮮なさくらんぼのようにプルンッとして艶があり、それでいながら柔らかそうに揺れている。できることなら、ファーストキスは美波と経験したい。そんなことをぼんやり考えた。

「いいから答えて」

再び美波が口を開く。いつになく強い口調になっていた。

「ど、どうだっていいだろ」

「やっぱり忘れちゃったんだね」

「なにを？」

大樹がつぶやくのと、美波が背伸びをするのは同時だった。

次の瞬間、柔らかいものが唇に触れた。美波の顔がすぐ目の前にある。睫毛をそっと伏せており、目の下がうっすら桜色に染まっていた。

(キ、キス……してるんだ)

信じられないことに、美波と口づけを交わしている。彼女のほうから唇を重ねてきたのだ。

唇の表面がそっと触れている。それだけで美波の唇の感触が、はっきり伝わっていた。瑞々しくて蕩けそうなほど柔らかい。軽く触れただけで、大樹はうっとりした気持ちになっていた。

「どうかな……なんか思い出した?」

美波は唇を離すと、頬を染めながら尋ねる。

「そ、それより、今……キ、キス——ううっ」

急に頭が痛くなる。顔をしかめると同時に、埋もれていた記憶が突如としてよみがえった。

「ま、前にも美波と……俺、はじめて……」

ファーストキスの相手は美波だ。

昨日、この部屋でキスをしている。どうして、そんな大切なことを忘れていたのだろうか。

昨日も美波のほうから抱きついて唇を重ねてきた。驚いたが心の底からうれしかったのを覚えている。感激して一生の思い出になると思った。それなのに、なぜか記憶からすっぽり抜け落ちていた。

一度目のキスを忘れていたので、二度、ファーストキスを経験したような気分だ。不思議な感覚に陥り、なにやら身も心もふわふわしていた。

「思い出してくれたんだね」

美波の顔がぱっと明るくなる。

「なんか、ごめん……」

細かいことは、まだ思い出せない。つき合うことになったのか、それともキスしただけなのかもわからない。しかし、ファーストキスを交わしたことだけは間違いなかった。

「いいの、気にしないで」

美波は相変わらず身体をぴったり寄せている。そして、意識的に下腹部を押しつけてきた。

「うっ……」

ペニスに快感が走り、小さな呻き声が漏れてしまう。すると、美波は濡れた瞳で見あげた。

「さっきから、硬いのが当たってるの」

「そ、それは、その……ごめん」

「謝ってばっかりだね」

美波はそう言って微笑を浮かべる。そして、大樹の手をつかむと、ベッドに向かって歩いていく。

「あ、あの……」

大樹はまさかと思いながら語りかける。すると、美波は緊張の面持ちで、こっくりうなずいた。

3

ふたりはベッドの前で向かい合って立っている。

カーテンごしに昼の陽光が射しこんでいる。息がかかるほど顔を寄せて、見つめ合っていた。

「わたし……はじめてなの」

美波は言いにくそうに切り出した。

彼女の甘い吐息が大樹の鼻先をかすめる。胸の高鳴りを覚えると同時に、ボクサーブリーフのなかでペニスがピクッと跳ねた。

「お、俺も……」

大樹も正直に打ち明ける。

童貞であることを知られるのは恥ずかしいと思っていた。しかし、この状況で見栄を張っても仕方がない。格好つけて失敗するより、最初から経験がないことを伝えておこうと思った。

なぜ美波が誘ってくれたのか、よくわかっていない。恋愛感情があると信じたいが、彼女の気持ちを確認する余裕はない。今はとにかく初体験のチャンスを逃したくなかった。

「わたしも……ファーストキスだったんだよ」

美波が恥ずかしげにつぶやいた。

ふたりともファーストキスだったという。うれしいことだが、残念ながら大樹の記憶は曖昧だ。キスをしたことは思い出したが、なぜか靄がかかったようにぼんやりしていた。

「ねえ、だいちゃん。もう一度、やり直そうか」

美波は提案すると、顔をそっと寄せる。両腕を大樹の首にまわして、顎を少し持ちあげた。

キスをねだるポーズだ。視線が重なり、彼女は睫毛を伏せていく。大樹は緊張しながら、震える唇を重ねていった。

「美波……」

「ンっ……」

唇が触れた瞬間、美波が微かな声を漏らす。その声が色っぽくて、大樹は思わず彼女の腰を抱き寄せた。

さらに舌を伸ばすと、唇の隙間にねじこんだ。

「はンっ」

美波は身を硬くするが、それでも唇を半開きにしてくれる。だから、大樹は遠慮なく、彼女の熱くて柔らかい口内を舐めまわした。

おぼろげな記憶だが、前回は軽い口づけだったはずだ。つまり、これがはじめてのディープキスということになる。頬の内側や歯茎、さらには上顎にも舌先を這わせていく。

(こ、これがキス……ああっ、なんて甘いんだ)

頭の芯が燃えあがるような興奮を覚えている。大樹は夢中になって、美波の口のなかを舐めまわした。

するると、美波も遠慮がちに舌を伸ばしてくれる。自然とからめる形になり、粘膜をヌルヌルと擦り合わせた。

「うむっ」

「あふっ……はうンっ」

唾液を交換して、互いの味を確かめる。舌をからめることで気分が盛りあがり、ペニスがますます硬くなった。

大樹はキスをしながら、無意識のうちに股間を彼女の下腹部に押しつける。我慢汁がどんどん溢れて、ボクサーブリーフの裏地はヌルヌルになっていた。興奮が興奮を呼び、居ても立ってもいられなくなる。

「み、美波……お、俺、もう……」

唇を離して語りかける。すると、美波は赤い顔をしながら、こっくりとうなずいた。

「わたしも……はじめては、だいちゃんって決めてたから……」

信じられないひと言だ。美波の言葉が胸に染みわたり、ゆっくり全身にひろがっていく。

（美波が、俺のことを……）

いつから、そんなふうに思ってくれていたのだろうか。大樹はまったく気づかなかった。

「美波っ」

思わず強く抱きしめる。すると、美波が腕のなかで身をよじった。

「く、苦しいよ」

「あっ、ご、ごめん」

興奮のあまり、つい力が入ってしまった。慌てて手を離すと、美波がじっと見つめてきた。

「やさしくしてね」

「う、うん……」

彼女のひと言が、さらなる興奮を誘う。セックスできると思うと、全身が燃えあがったように熱くなった。

震える指を伸ばして、彼女のセーターの裾をつまんだ。ゆっくりまくりあげると、白くて平らな腹が見えてくる。縦長の臍が愛らしくて、胸の鼓動が一気に速くなった。

さらにセーターを引きあげれば、純白のブラジャーが露になる。美波が両手を上に伸ばしてくれたので、そのままセーターを頭から抜き取った。

(おおっ……)

乳房の谷間に視線が吸い寄せられる。

白くて柔らかそうで、シルクのようにスベスベしている。眩いほど輝いており、触れたら壊れそうな繊細なふくらみに見えた。

「あとは、自分で……」

美波は顔をまっ赤にしながらつぶやいた。

どうやら、脱がされるのが恥ずかしいらしい。大樹に背中を向けると、ミニスカートをおろしていく。ブラジャーとセットの純白パンティが、小ぶりな尻を包んでいた。

(み、美波の尻……)

思わず視線が釘付けになる。

張りがあってプリッと上向きのかわいいヒップだ。幼いころ、川遊びをしているときに見たことがある。当時はなにも感じなかったが、今は愛らしいヒップに惹きつけられた。

小さな布地が割れ目に少し食いこんでいる。しかも、パンティの生地が薄いため、臀裂がうっすら透けていた。

「くっ……」

ボクサーブリーフが窮屈でたまらない。大樹はスウェットの上下を脱ぎ捨てると、最後の一枚も脱ぎ捨てた。

雄々しくそそり勃ったペニスが剝き出しになる。亀頭は破裂しそうなほど張りつめて、先端の鈴割れから透明な汁がトロトロと溢れていた。美波に見られると思うと恥ずかしいが、それより興奮のほうがうわまわっている。彼女の裸を早く見たくて仕方ない。

男根をギンギンにしながら視線を向ける。

カーテンごしに柔らかい光が射しこむなか、美波は両手を背中にまわすと、ブラジャーのホックをプツリとはずす。おずおずと身体から引き剝がして、ブラジャーを足もとにそっと落とした。

背中は染みひとつなく、シルクのようになめらかだ。ブラジャーのベルトの痕がうっすらと残っているのが艶めかしい。

さらにパンティのウエスト部分に指をかける。羞恥がこみあげたのか、躊躇して動きがとまった。だが、すぐに意を決した様子でおろしていく。前かがみになり、ヒップをこちらに突き出す格好だ。

（おっ、おおっ！）

大樹は思わず腹のなかで唸った。

小ぶりな双臀は、まるで殻を剝いたゆで卵のようにツルリとしている。白くて張りつめた尻たぶが、なめらかな曲線を描いており、中心部に臀裂がくっきり刻まれていた。

美波は片足ずつ持ちあげて、パンティを抜き取った。

これで女体に纏《まと》っている物はなにもない。美波は生まれたままの姿になり、乳房を右腕で、股間を左の手のひらで覆い隠す。そして、身体をゆっくりこちらに向けた。

赤く染まった顔をうつむかせている。羞恥の大きさを物語るように、耳までまっ赤に染まっていた。

「あんまり見ないで……恥ずかしいから」

消え入りそうな声だった。

だが、そう言われても視線をそらすことはできない。美波は内股になってうつむき、乳房と股間を隠している。そんな姿がなおさら牡の劣情を煽り、大樹は鼻息を荒らげながら歩み寄った。

「見たいんだ。美波のこと、全部……」

彼女の手首をつかむと、乳房から引き剝がす。とたんにふたつの大きなふくらみが、波打ちながら露になった。

（す、すごい……）

大樹は思わず双眸を見開いた。

美波の乳房は想像していたよりもはるかに大きい。重力に逆らうように前方に飛び出しており、淡いピンクの乳首は上に向かっている。しかも、張りつめているのに、柔らかそうに揺れていた。

（こ、これが、美波の……）

視線が釘付けになってしまう。

女性の裸はインターネットでいくらでも見られるが、やはり生は迫力がまったく違う。それも、美波のものだ。女体の甘酸っぱい香りも相まって、かつて経験したことがないほど興奮が高まっていた。

「恥ずかしいよ」

美波は抗議するようにつぶやくが、もう乳房を隠そうとしない。右腕を腹の上に置き、双つのふくらみをさらしていた。

(し、下も、見たい……)

もう欲望を抑えることはできない。大樹は彼女の左手をつかみ、股間を剝き出しにした。

ふっくらと盛りあがった恥丘に、漆黒の陰毛がそよいでいる。毛は極細で、しかも申しわけ程度にしか生えていない。もともと薄いらしく、恥丘に走る縦溝が透けていた。

「や、やだ……見ないで」

美波は身体をもじもじさせてつぶやくが、やはり股間を隠そうとしない。内腿をぴったり寄せた状態で、わずかに腰を引いただけだった。

(見せてくれてるのか?)

ふと疑問がこみあげる。

彼女はヴァージンだ。裸を見られるのは死ぬほど恥ずかしいに違いない。男の大樹でもペニスをさらすのは恥ずかしい。それなら、彼女はもっと抵抗があるのではないか。

（それなのに……）

顔を赤くしながらも、美波はすべてをさらしている。大樹のことを想っているとしても、この急な展開になにか不自然な気がした。

だが、そんなわずかな疑問は、膨脹した興奮に呑みこまれていく。ずっと片想いをしていた幼なじみが、目の前で裸になっているのだ。セックスの期待がどんどん高まっていた。

4

「美波っ」

大樹は女体をしっかり抱きしめた。

「あっ……」

美波は小さな声を漏らすだけで抵抗しない。それどころか、彼女も大樹の背中に手をまわしてきた。

「好きにしていいから……どこにも行かないで」

懇願するような声だった。

その直後、美波がさらに強く抱きついた。双つの乳房が胸板に密着して、プニュッとひしゃげる。勃起したペニスは彼女の下腹部を圧迫しており、我慢汁でヌルリッと滑った。

「ううっ」

快感が脳天まで突き抜ける。

ただペニスを押し当てているだけでも、これほど気持ちいいのだ。彼女のなかに挿れたら、どうなってしまうのだろうか。期待が際限なくふくれあがり、ペニスもますます大きくなった。

「なんか、怖い……」

美波がぽつりとつぶやいた。

彼女の瞳はペニスに向けられている。どうやら、本物を見るのは、これがはじめてらしい。興味と不安が入りまじった瞳で、亀頭や太幹をまじまじと観察していた。

「こんなに大きいのが入るの？」

美波が放った言葉で、これから挿入することを実感する。

（ほ、本当に、美波と……）

考えるだけで新たな我慢汁が溢れてしまう。

今すぐセックスしたい。彼女のなかにペニスを突きこみたい。

数えきれないほど妄想してきたことが、現実になろうとしているのだ。まさかこんな日が来るとは思いもしない。片想いで終わると思っていたので、なおさら興奮していた。

熱くて柔らかい女体を抱きしめたままベッドに押し倒す。仰向けになった身体に覆いかぶさり、たっぷりした乳房を両手で揉みあげた。

「あっ……や、やさしくして……」

美波が眉を八の字に歪めている。

興奮のあまり、つい力が入ってしまった。できるだけやさしく乳房を揉み、蕩けそうな柔肉に指をめりこませた。

「はンンっ」

美波の唇からため息にも似た声が漏れる。そして、とまどった瞳で大樹の顔を見あげた。

「な、なんか……身体が熱くて……」

乳房を揉まれる感触に困惑しているらしい。ゆったりこねまわすと、美波の呼吸がだんだん乱れてきた。それならばと、先端で揺れる乳首をやさしくつまんでみる。

「あンっ」

とたんに美波が甘い声をあげて、身体を仰け反らせた。

(す、すごい、感じてるんだ)

人さし指と親指でクニクニ転がせば、乳首は瞬く間に硬くなる。ぷっくりと隆起して、まるでグミのような弾力になった。

「硬くなってきたよ」

「だ、だいちゃんが触るから……」

美波は抗議するようにつぶやくが、いやがっている様子はない。だから、大樹はさらに乳首をじっくり転がした。

「あンっ、こ、こういうの、はじめてなの……」

腰をくねらせながら美波がつぶやく。見あげてくる瞳は、どこか艶めかしく潤んでいた。

「俺も……はじめてなんだ」

大樹がつぶやくと、美波はうれしそうにうなずく。

経験のないふたりだが、ここまで来たら迷いはない。もう、ひとつになることしか考えられない。

大樹は右手を女体に這わせて、下半身へと滑らせていく。指先で脇腹をなぞると、美波はくすぐったそうに身をよじる。そんな反応のひとつひとつが、牡の欲望を煽り立てた。

陰毛がそよぐ恥丘に手のひらをかぶせていく。そして、中指を内腿の間にゆっくり押しこんだ。

「あっ……」

指先が柔らかい部分に触れた瞬間、美波の唇から甘い声が溢れ出す。それと同時に女体がピクッと小さく跳ねた。

(ぬ、濡れてる……)

確かな湿り気を指先に感じて、さらなる興奮の波が押し寄せる。

セックスの経験はなくても、友人の話やインターネットである程度の知識はついている。女性器が濡れているなら、もう挿入できるはずだ。

美波の脚の間に膝を割りこませていく。そして、両手で膝を押し開くと、サーモンピンクの陰唇が露になった。

「あっ、ダ、ダメっ」

さすがに羞恥が大きいのか、美波が慌てて膝に力をこめる。だが、大樹は両手でグッと押さえつけた。

(こ、これが、美波の……)

女性器を生で見るのは、これがはじめてだ。

二枚の陰唇が口を閉ざしており、透明な汁で濡れ光っている。割れ目のわずかな隙間から、華蜜がジクジクと湧き出しているらしい。清純な美波の身体に、これほど艶めかしい部分があることに驚かされる。

(オ、オマ×コ……美波のオマ×コだ)

心のなかでつぶやいた瞬間、頭のなかが沸騰したように熱くなった。

ペニスは青すじを浮かべて反り返っている。先端から我慢汁がとめどなく溢れて、砲身全体を濡らしてた。

(は、早く……早く挿れたい)

大樹は鼻の穴をふくらませながら、女体に覆いかぶさった。

亀頭を女陰に押し当てる。膣口の位置はわからないが、当てずっぽうで力をこめた。ところが、そう簡単に挿入できるはずもなく、亀頭は陰唇の表面を滑ってしまう。もう一度、ペニスを押しつけるが結果は同じだ。やはり亀頭がヌルリッと滑って挿入できない。

「だいちゃん、ゆっくりでいいから……」

美波がやさしく声をかけてくれる。

彼女もはじめてで緊張しているはずだ。それなのに気遣ってくれる。そんな彼女の気持ちに応えたい。

大樹は竿を右手でつかむと、亀頭を女陰の合わせ目に押し当てる。そして、膣口の位置を確認しようと、ゆっくり上下に動かした。亀頭の先端で女陰の狭間をなぞっていく。

(おっ……こ、ここか?)

とくに柔らかい部分を発見した。

亀頭がわずかに沈みこみ、華蜜の量がどっと増える。ついに膣口を捉えたのかもしれない。思っていたよりも、もっと低い場所だった。

(よ、よし、いくぞ……)

竿に右手を添えたまま、慎重に腰を押し進める。亀頭が陰唇の狭間に沈みこんで、やがて熱い粘膜に包まれた。

「あっ……こ、怖い」

美波が頰の筋肉をひきつらせる。いよいよロストヴァージンの瞬間が迫り、恐怖がこみあげてきたらしい。

「ゆっくり、挿れるから……」

一気に貫きたいのをこらえて、できるだけやさしく語りかける。すると、美波は緊張の面持ちでうなずいた。

ペニスをじりじり押し進める。すると、すぐに亀頭が壁にぶつかった。軽く力をこめるが、それ以上は先に進めない。美波は顔を苦しげに歪めて、喉の奥で低い呻き声を漏らした。

(もしかして、これが……)

おそらく処女膜だ。

ここを突破しなければ、ペニスをすべて挿入できない。童貞の大樹にとっては大きな試練だった。

「だ、だいちゃん……」

美波の声は震えている。大樹が動かないので、なおさら不安になっているのだろう。

「だ、大丈夫……大丈夫だよ」

なんの根拠もないが、とにかく声をかける。そして、再び腰に少しずつ力をこめていく。

「ふんんっ」

亀頭で処女膜を圧迫する。だが、簡単には突き破れそうにない。美波は両目を強く閉じて、眉間に縦皺を刻んでいる。

苦しげな顔を目にすると、どうしても躊躇してしまう。ただ処女膜を圧迫するだけになり、まったく挿入できない。その結果、彼女の苦しみが延々とつづいていた。

「ちょ、ちょっと、休憩しようか」

大樹が腰を引こうとすると、美波が両手を伸ばして尻にまわしてくる。

「ま、待って……やめないで」

そうつぶやく美波の額には、玉の汗が滲んでいる。これ以上、無理をさせることはできなかった。

「少し休んだほうが……」

「最後まで……お願い」

美波がやけに真剣な顔で懇願する。

なにやら深刻なものを感じて、大樹は思わず固まった。すると、美波は尻たぶをがっしりつかむと、自らググッと引き寄せる。

「あッ……ああッ」

「ちょ、ちょっと――くううッ」

先端だけ膣口にはまっていたペニスが、さらに深い場所まで沈んでいく。亀頭が処女膜を圧迫して、メリッという感触がひろがった。

「はあああッ！」

美波の絶叫にも似た声が響きわたる。

ついに処女膜が破れて、ペニスが根元まで入ったのだ。膣道は驚いたように収縮しており、太幹をギリギリと締めつけていた。

「ううッ、す、すごい……」

大樹は強烈な快感に襲われて思わず唸った。

彼女の顔の横に両手をついた腕立て伏せのような状態だ。男根は根元まで埋まり、熱い媚肉に包まれている。まるで異物を排除するように濡れ襞が蠢き、それが快感に変換されていた。

「はンンっ……」

一方の美波は、下唇を嚙みしめて低い呻き声を漏らしている。

破瓜の痛みに耐えているのか、両目を強く閉じて動かない。目尻にうっすらと涙が滲んでいた。

「み、美波……ありがとう」

自然とそんな言葉が溢れ出す。

大樹にとっても美波にとっても、これが人生初のセックスだ。最初こそ大樹が挿入したが、途中から美波の手を借りた。ふたりが力を合わせたことで、最後まで挿入できたのだ。

破瓜の痛みがあったにもかかわらず、彼女は自らペニスを引きこんだ。すべてを受け入れてもらった気がして、感激で胸がいっぱいになっていた。

「だ、だいちゃん……」

美波の瞳が濡れている。大粒の涙が次から次へと溢れて、こめかみを流れ落ちていた。

きっと感激の涙に違いない。そう思いながら、大樹は女体をやさしく抱きしめる。そして、唇をそっと重ねれば、美波も唇を半開きにする。自然と舌をからめて抱き合った。

その間、ペニスは膣に深く埋まったままだ。徐々になじんできたのか、媚肉の締めつけが緩んでくる。それにともない膣襞がウネウネとうねりはじめた。太幹の表面を這いまわり、得も言われぬ快楽が押し寄せる。

「ううっ……」

挿入しただけだというのに射精欲がふくらんでしまう。

動かしたくてたまらないが、美波に苦痛を与えたくない。挿入しただけで充分だと、自分に言い聞かせていた。

「わたしは、大丈夫だから……」

ふいに美波が語りかけてくる。やさしい瞳で大樹の目を見つめていた。

「動いていいよ。だいちゃんの好きにして……」

「で、でも……」

「だいちゃんが喜んでくれると、わたしもうれしいの。だから……」

美波の言葉が胸にすっと流れこんでくる。

彼女の気持ちが伝わり、心が熱いもので満たされていく。大樹は感激しながら、腰をゆっくり振りはじめた。

ペニスをじりじりと引き出し、再び根元まで挿入する。できるだけ穏やかな動きを心がける。美波は微かに身をよじるだけで、苦しむ様子はない。根元まで挿入して、しばらくじっとしていたのがよかったのかもしれない。そのままスローペースでペニスを出し入れした。

「あっ……あっ……」

美波の唇から切れぎれの声が漏れる。

なにかをこらえているような雰囲気だ。もしかしたら、少しは感じているのかもしれない。はじめてのセックスでも、人によっては快感を覚えることもあるだろう。少なくとも痛がっている感じはなかった。

「み、美波……ううっ」

大樹の性感は早くも追いつめられていた。

濡れた膣襞の感触が心地いい。太幹に巻きつき、ヌメヌメと蠢いている。根元まで埋めこむと、膣口がキュウッと締まるのもたまらない。未知の快楽が次から次へと湧きあがり、全身へとひろがっていく。

(こ、こんなに気持ちいいのか……)

自分でしごくのとは比べものにならない。強烈な快感が押し寄せて、いけないと思ってもピストンが速くなってしまう。

「あッ……ああッ……だ、だいちゃん」

美波がとまどいの声を漏らして腰をよじる。その動きがさらにペニスを刺激して、射精欲がふくれあがった。

「くううッ、も、もうっ」

耐えられるわけがない。つい先ほどまで童貞だった大樹には、あまりにも強すぎる快感だ。頭のなかがどぎつい赤に染まり、ついには全身がガクガクと震えはじめた。

「ああッ……ああッ……」

美波の喘《あえ》ぎ声も牡の欲望を煽り立てる。わけがわからなくなり、とにかく膣のなかでペニスをスライドさせた。

「おおおッ……おおおおッ」

言葉にならない呻き声を漏らして腰を振る。からみつく膣襞の感触が気持ちよくて、睾丸のなかで精液が沸き立った。膣の締まりに誘われるまま、ペニスを深い場所まで突き挿れた。

「ああああッ！」

「くううッ、も、もうっ、くおおおおおッ！」

あっという間に精液が噴きあがる。はじめてのセックスは全身が蕩けるほど気持ちいい。大樹は女体を強く抱きしめながら、思いの丈を彼女の奥深くにたっぷり注ぎこんだ。

「あぁッ、熱い……」

美波の下腹部が波打ち、大量のザーメンを呑みこんでいく。

さすがに彼女は達していないと思う。それでも、大樹が精液を放出したことで、満足げな表情を浮かべていた。

はじめてのセックスは最高の快楽をもたらしてくれた。

ペニスを女壺から引き抜くと、大樹は彼女の隣に倒れこんだ。添い寝をする体勢になり、ついばむような口づけを交わす。こんなにも幸せな時間が訪れるとは思いもしなかった。

（でも……）

心の奥底に不安が見え隠れしている。

ずっと片想いをしていた美波と結ばれたというのに、なぜか胸の奥がザワザワしていた。

（この感じは、なんだ……）

美波の肩を抱き寄せながら考える。

間違いなく二十一年間の人生で最高の幸せを感じている。それなのに、心は落ち着かなかった。

（きっと、幸せすぎて不安なんだ）

必死に考えるうち、そんな気がしてきた。

これまで女の子とつき合った経験すらない自分が、いきなり片想いの相手とセックスできたのだ。降って湧いたような幸運に、不安を感じるのは当然のことだろう。

（そうか……そういうことか）

ようやく納得して、大樹はひとりうなずいた。

はじめてのセックスで興奮したせいか、急激に睡魔が襲ってきた。美波と額を寄せ合って目を閉じた。

ふと目が覚めると、美波は隣で静かな寝息を立てていた。

窓の外は明るい。思ったほど時間は経っていなかった。ほんの数分、うとうとしただけだ。

（今のうちにコンビニに行ってくるか）

結局、朝からなにも食べていないので腹が減っている。美波もきっとなにか食べるだろう。

大樹は美波を起こさないように気をつけて、ベッドからそっと起きあがる。そして、脱ぎ捨てていたボクサーブリーフとスウェットの上下を着ると、そのうえにブルゾンを羽織った。

コンビニはアパートのすぐ近くだ。美波が目を覚ます前に戻れるだろう。

足音を忍ばせて玄関に向かうと、サンダルをつっかけてドアを開ける。とたんに外の冷たい風が流れこんだ。

（寒っ……）

急いで外に出てドアを閉める。

すぐ目の前が道路になっており、渡ったところがコンビニだ。左右を確認して踏み出したとき、背後でなにかが聞こえた。

「だいちゃんっ、ダメぇっ！」

美波の声だ。

なにを慌てているのだろう。足をとめて振り返ると同時に、車のブレーキ音があたりに響きわたった。

「えっ……」

はっとして見やると、白いセダンがすぐ目の前に迫っていた。

逃げる間もなく、ドンッという激しい衝撃が全身を駆け抜ける。体が宙高く舞いあがり、視界がグルリと反転した。

地面がどんどん迫ってくる。すべてが色を失い、動きがスローモーションになっている。だが、もはや自分では制御できない。頭が下になっている。命の危険を感じるが、回避する術はない。

次の瞬間、スイッチが切れたようにまっ暗になった。

# 第二章　何かが起きる土曜日

## 1

大樹は自分のベッドで目を覚ました。

カーテンごしに朝の光が射しこんでいる。大きな欠伸《あくび》を漏らしながら、仰向けになったまま伸びをした。

今日は土曜日なので、慌てて起きる必要はない。いい天気だが、とくに遊びに行く予定はなかった。

枕もとを探ってスマホを手に取った。

寝ぼけ眼を擦りながらメールを確認する。すると、久しぶりに美波からメールが届いていた。

――だいちゃんのアパートの住所を教えて。

たった一行、そう書いてあった。

(あれ?)

文面に見覚えがある。以前にも美波にメールで住所を聞かれて、すぐに返信したはずだ。

受信フォルダをタップして過去のメールを確認する。

ところが、思っていたメールが見つからない。美波からもらったメールはすべて取ってあるが、なぜか消えていた。単なる思い違いだろうか。しかし、返信したことをはっきり覚えていた。

(おかしいな……)

不思議に思いながら、とにかく住所を書いてメールを返信する。

このモヤモヤする感じはなんだろうか。確かに以前、住所を尋ねるメールをもらったはずだが、そのメールが見つからない。考えているうちに、現実の出来事なのか、それとも夢を見たのかわからなくなってきた。

(もしかして、既視感《デジャヴ》ってやつか?)

なにか心にひっかかるが、そう結論づけるしかなかった。

ゴロゴロしながらスマホをいじる。とくに興味を惹く話題もニュースもなかった。

(それにしても……)

頭に浮かぶのは美波のメールのことだ。

どうしても気になってしまう。これまでデジャヴの体験など一度もない。あれはなんだったのだろうか。

(頭でも打ったのかな?)

そう思ったとき、急にいやなイメージが脳裏をよぎった。

(俺……車に撥《は》ねられたんだ)

確かアパートの前で車が突っこんできたのだ。宙高く舞いあがり、頭から地面に落下したのではなかったか。そのとき、頭を強く打ち、記憶が混乱しているのではないか。

いや、そんなことがあったら、こうして部屋で普通に寝ていることはないだろう。思わず頭に手を伸ばすが、どこも痛くも痒くもないし、怪我を治療した痕跡もなかった。

だが、記憶はごく最近のものに感じる。

車が体にぶつかったときの衝撃も、景色がスローモーションに見えたことも、はっきり覚えていた。

(どうなってるんだ……)

恐怖が胸にひろがっていく。

どうして、急に車に撥ねられるイメージが湧きあがったのだろうか。これまで交通事故に遭ったことはない。だから、過去の記憶がよみがえったわけではないだろう。

(まさか、これもデジャヴ……)

そうだとすると、これから大樹は車に撥ねられることになるが、

(いや、いくらなんでも……)

笑い飛ばそうとして、頰の筋肉がひきつっていることに気がついた。

いったい、なにが起こっているのだろうか。記憶に障害でも起きているのか、どこかフワフワした感じがつづいていた。

ピンポーンッ――。

呼び鈴の音が響きわたった。

大樹はドキリッとしてベッドの上で跳ね起きた。こんなに朝早く、いったい誰が来たのか。

部屋まで遊びに来るほど親しい友人はいない。宅配便が届く予定もないので、新聞の勧誘ではないか。普段なら居留守を使うところだが、今日にかぎって気になった。

そっと立ちあがり、足音を忍ばせて玄関に歩み寄る。

恐るおそるドアスコープから外を確認すると、そこには幼なじみの美波が立っていた。

「えっ？」

思わず小さな声を漏らしてしまう。

なにかあったのだろうか。美波がここに来るのは、これがはじめてだ。メールで住所は聞かれたものの、突然のことに驚いてしまう。とにかく、解錠して玄関ドアを開け放った。

「美波……どうしたんだよ」

不安が胸にひろがっていた。

今日は目が覚めてからずっと、おかしな感覚がつづいている。悪い知らせではないことを願い、彼女の目を見つめた。

「遊びに来たよ」

美波はそう言って満面の笑みを浮かべた。

子供のころから変わらない大樹の大好きな笑顔だ。しかし、瞳の奥にいつもと違う光が揺れていた。なにか気になることがあるのではないか。ただの直感だが、そんな気がした。

「なにかあったの？」

思わず尋ねるが、美波は首をかしげる。

赤いチェックのミニスカートにクリーム色のハイネックのセーター、その上に茶色のダッフルコートを着ている。相変わらずかわいいが、今は彼女がここに来た理由が気になった。

「ただ遊びに来ただけだよ」

美波はそう言い張るが、どこか様子がおかしい。

平静を装っているようにしか見えない。なにしろ、物心つく前からのつき合いだ。幼なじみの大樹には、彼女の心の揺らぎが感じ取れた。

「でも、なんで今日、いきなり……」

そのとき、開いたドアの陰から女性が顔をのぞかせた。

「大樹ちゃん」

名前を呼ばれてはっとする。

清流のように涼やかな声を忘れるはずがない。そこに立っているのは、実家の近所に住んでいた吉岡琴音《よしおかことね》だ。

「こ、琴音さん……」

思わず双眸《そうぼう》を見開いた。

美波だけでも驚きなのに、まさか琴音までいるとは思いもしない。驚きのあまり言葉を失った。

「お久しぶり」

琴音がそう言って微笑みかけてくる。

それだけで大樹の胸は感激に震えてしまう。なにが起きているのか、まったくわからない。とにかく、琴音が目の前にいるのは確かだった。

琴音はふたつ年上の先輩だ。

二十三歳になり、美しさに磨きがかかっている。スラリとして背が高く、そのうえハイヒールを履いているのでスタイルのよさが際立っていた。隣に立っている美波が子供に見えるほどだ。トレンチコートの肩にかかる黒髪のロングヘアは艶やかで、アーモンド形の瞳はキラキラ輝いていた。

琴音はやさしくて物静かで、活発な美波とは正反対のタイプだ。近所に住んでいたが、いっしょに遊んだ記憶はほとんどない。だが、顔を合わせれば琴音は必ず声をかけてくれた。

――大樹ちゃん、こんにちは。

――車に気をつけて遊んでね。

――暗くなる前に帰ってくるのよ。

そんな何気ない会話から、彼女のやさしさが伝わっていた。

いつからだろうか。大樹は近所のきれいなお姉さんである琴音に、特別な感情を抱いていた。恋心と呼ぶにはおおげさだが、密かに憧れていたのは紛れもない事実だ。

琴音は高校を卒業すると、東京の大学に進学した。そして、東京の商社に就職したと聞いていた。

仕事が忙しいのか、ほとんど帰省していないらしい。高校を卒業してから会う機会はなく、どうしているのか気になっていた。

「びっくりした?」

美波が楽しげに話しかけてくる。

大樹はまだ言葉を発することができず、目を大きく見開いたままカクカクとうなずいた。

2

美波と琴音が並んでベッドに腰かけている。

これが自分の部屋だということが信じられない。まったく予想もしていなかった光景が目の前にひろがっていた。

ふたりともコートを脱いでいる。美波はミニスカートにハイネックのセーターで、琴音は黒地で花柄のフレアスカートに白いブラウスという格好だ。愛らしい美波に、大人っぽい美貌の琴音という対照的なふたりが並んでいた。

いつもの土曜日のはずだった。

予定はなにも入っていないので、例によって一日中ゴロゴロして過ごすだけのつもりでいた。それなのに、どういうわけか同郷の三人が、はじめて東京で顔を合わせているのだ。

（どうなってるんだよ）

大樹は激しく動揺している。

とにかく、床に散らばっている服や雑誌をかき集めると、クローゼットに押しこんだ。卓袱台の上のゴミもポリ袋に突っこみ、リモコンで暖房をつけると、卓袱台を挟んで腰をおろした。

「美波――」

さっそく問いかけようとしたとき、ふと不思議な感覚に襲われた。

（前にも、こんなことが……）

なんとなく、この場面に見覚えがあった。

しかし、美波は今日はじめてこの部屋に来たのだ。同じ場面などあるはずがない。それなのに、ベッドに座る美波を、こうして卓袱台ごしに見たことがある気がした。

ほかの人が座ったときの記憶と重なっているのだろうか。だが、もともと友人が来ることもほぼないので、こういう場面はなかったはずだ。

（やっぱり……）

うっすらと記憶にあるように、交通事故に遭って頭を打ったとしたらどうだろうか。

それで、頭部に大きな傷はできていないが、記憶に障害が起きているとしたら。そして、事故に遭った記憶すら曖昧になっているとしたら。そうだとすれば、朝からおかしな感覚がつづいているのも納得がいく。

「だいちゃん？」

美波の声で、はっと我に返る。

「むずかしい顔して、どうしたの？」

「う、うん、じつは――」

自分が感じている違和感を打ち明けようとする。しかし、直前になって言葉を呑みこんだ。

まだ自分でも整理ができていない。おかしなやつと思われそうで、口にするのは気が引けた。ましてや、今は久しぶりに会う琴音もいるのだ。なおさら、ヘンなことは言いたくなかった。

「ちょっと、聞きたいことがあって……」

話すにしても、琴音がいないときのほうがいいだろう。

「どうして、美波と琴音さんがいっしょにいるの?」

もうひとつの気になっていることを質問する。

琴音が東京で働いているのは知っているが、美波が連絡を取り合っているとは聞いていない。美波がひとりで来ただけでも驚きなのに、琴音までとは。

「ずっと前にメールのアドレスは交換してあったんだよね。だいちゃんを驚かせようと思って、わざと急に来たんだよ」

美波は楽しげに説明する。その隣では琴音がにこにこしていた。

ふたりは以前から連絡を取り合っていたのかもしれない。同郷の女同士ということで、きっと話が合うのだろう。

「サプライズだよ。だいちゃんのびっくりする顔が見たかったんだ」

本当にそれだけだろうか。

大樹は美波の瞳をまっすぐ見つめた。なにかを隠している気がしてならない。平静を装っているが、瞳の奥に不安の色が見え隠れしていた。

「驚かせちゃってごめんね」

琴音の声は穏やかで柔らかい。話しかけられると、田舎にいるような気分になってしまう。

「びっくりしました。まさか、琴音さんまでいるなんて」

正直につぶやくと、琴音は目を細めて微笑を浮かべた。

「ふふっ、そうだよね。久しぶりだもの」

澄んだ瞳は純粋そのものだ。隠しごとをしている雰囲気はない。琴音は美波に誘われるまま、大樹にサプライズをしかけたのだろう。

(美波……なんか隠してるだろ?)

心のなかで語りかける。

すると、美波はおどおどと視線をそらす。やはり、なにかを心に抱えているとしか思えない。だが、なにも言おうとしなかった。

「なんか飲み物でも……」

なにも出していないことに気がついた。

お茶くらい出すべきだろう。でも、お茶は普段から飲まないし、インスタントコーヒーは切らしていた。水ではいくらなんでも味気ない。

「ちょっと、コンビニに――」

「あっ、わたしが行く」

大樹が口を開くと、すかさず美波が言葉をかぶせてくる。そして、まっさきにベッドから立ちあがった。

「飲み物でしょ。適当に買ってくるね」

「いいよ。美波は琴音さんと待っててよ」

大樹も立ちあがろうとすると、隣に来た美波が肩を押さえつけた。

「だいちゃんはいいの」

「お客さんなんだから、ゆっくりしてなよ」

「わたしが行くからいいって」

なぜか美波は一歩も引こうとしない。自分が行くと言って譲らないばかりか、怒り出しそうな雰囲気だ。

「じゃあ、いっしょに行こうか」

「来ちゃダメ、だいちゃんは待ってて」

なぜか美波は強い口調で言うと、ダッフルコートを羽織って玄関に向かう。ひとりで行きたい理由でもあるのだろうか。

(どうしたんだよ?)

大樹は不思議に思いながらも、美波の迫力に気圧《けお》されていた。

なにを言っても拒絶されそうで、もう声をかけることができない。玄関から出ていく美波の背中を見送るしかなかった。

「喧嘩でもしてるの?」

玄関のドアが閉まると、琴音のやさしい声が聞こえた。

卓袱台の向こうでベッドに腰かけて、柔らかい笑みを浮かべている。近所のきれいなお姉さんという昔の印象のままだった。

「喧嘩してるわけじゃないんですけど……」

大樹の声はどんどん小さくなっていく。

美波がどうしてあんな態度を取ったのか、理由がまったくわからない。大樹がなにか怒らせるようなことをしたのだろうか。しかし、頻繁に連絡を取っているわけではなく、今朝のメールも久しぶりだった。なぜ彼女が不機嫌なのか、まるで心当たりがなかった。

「美波、なんか言ってなかったですか?」

大樹のほうから尋ねる。すると、琴音は右手の人さし指を顎に当てて首をかしげた。

「最近はあまり連絡を取ってなかったの。だから、とくには聞いてないわ」

「えっ、そうなんですか?」

てっきり、頻繁にメールのやり取りをしているのだと思っていた。ところが、そうではなかったらしい。

「今朝、久しぶりにメールが来たの。それで、いっしょに来てほしいって」

「それは急ですね」

「そうなの。たまたま時間があったからよかったけど、美波ちゃん、なにかあったのかしら？」

琴音も不思議に思っているようだ。やはり、今日の美波はどこか様子がおかしかった。

そんな会話をしていると、玄関のドアがガチャッと開く音が聞こえた。

美波がコンビニから帰ってきたらしい。大樹はすぐに立ちあがると、玄関に向かった。

「だいちゃん、これ」

美波がコンビニ袋を軽く持ちあげる。ジュースやウーロン茶のペットボトルが入っているのが見えた。

「おっ、サンキュー」

あえて明るい口調を心がける。美波の考えていることはわからないが、あまり深刻な空気にしたくなかった。

「重かったでしょ。ありがとう」コンビニ袋を受け取ると、美波はなぜか黙りこむ。そして、大樹の目をまっすぐ見つめて切り出した。

「急用ができちゃったの」

「は？」

「ゼミから呼び出しがあって……」

美波が申しわけなさそうにつぶやく。

どうやら、スマホで呼び出されたらしい。土曜日なのに、今から大学に行かなければならないという。

「今日じゃないとダメなの？」

「うん……」

「せっかく琴音さんもいるのに」

こんな機会はめったにない。同郷の三人が集まることなど、次はいつになるかわからなかった。

「ごめんね。でも、いろんなパターンを試さないといけないから」

「うん？　パターンって？」

ゼミで実験でもしているのだろうか。反射的に聞き返すと、美波が慌てた様子で首を左右に振った。

「な、なんでもない。こっちの話」

「美波のゼミって、なんだっけ？」

不思議に思って問いかける。すると、美波は無言で背伸びをして、いきなり顔を寄せてきた。

（えっ……）

次の瞬間、柔らかいものが唇に重なった。

突然、美波がキスをしたのだ。柔らかい感触が唇にひろがっている。頭のなかがまっ白になり、その場に立ちつくした。

（この感触、どこかで……）

これが大樹のファーストキスだ。それなのに、以前にも経験したことがある気がした。

しかし、そう思ったのは一瞬だけだ。すぐに柔らかい唇の感触が、思考を塗りつぶしていく。もう、なにも考えられない。わずか数秒で唇は離れたが、大樹は目を見開いたまま固まっていた。

とてもではないが、言葉を話す余裕はない。ただ美波の柔らかい唇の感触に酔いしれていた。

「部屋から出ちゃダメだよ。またね」

美波はそう言って、玄関から出ていった。

ドアが静かに閉まるが、それでも大樹は身動きできない。薄暗い玄関で立ちつくしていた。

3

「大樹ちゃん、大丈夫？」

背後から声をかけられて、ようやく我に返る。振り返ると、琴音が心配そうな顔で立っていた。

「美波ちゃん、なんて言ってたの？」

どうやら、こちらの会話は聞こえていなかったらしい。琴音は不思議そうに首をかしげている。

「それが、急にゼミから呼び出しがあったみたいで……」

大樹はぼそぼそとつぶやいた。

どうして美波が突然キスをしてきたのかわからない。正直うれしかったが、琴音に見られたかもしれないと思うと気まずかった。

「帰っちゃったのね」

琴音はぽつりとつぶやいた。

突っこんでこないところをみると、キスは見ていないのかもしれない。大樹は内心、胸を撫でおろした。

「そ、そうなんです。帰っちゃったんですよ」

きっと琴音も帰ると言い出すに違いない。そう思ったのだが、なぜか琴音は大樹の手を握ってきた。

「それなら、久しぶりなんだし、今日はふたりでお話ししましょう」

にこやかに語りかけてくるが、握られた手が気になって仕方がない。もしかしたら、子供扱いされているだけだろうか。それでも、柔らかい手の感触にドキドキする。

(琴音さんと手をつなぐなんて……)

幼いころ以来だ。

道路で転んで泣いていたとき、たまたま通りかかった琴音が手をつないで家まで送ってくれた。あのときの手の感触と、燃えるようなまっ赤な夕日をはっきり覚えていた。

「お互いに積もる話もあるでしょ」

大樹の動揺に気づいていないのか、琴音は手を引いて部屋の奥に向かう。そして、ふたり並んでベッドに腰をおろした。

(ど、どうして、こんなことに……)

大樹は緊張で体を硬くしていた。

暇な土曜日のはずだったのに、まったく予想外の展開になっている。まさか昔から憧れていた近所のお姉さんと、アパートの自室でふたりきりになるとは思いもしなかった。

「こ、これ……飲みますか?」

沈黙が重くて、コンビニ袋からペットボトルを取り出した。

「ありがとう」

琴音はウーロン茶を選ぶと、蓋を開けてペットボトルに口をつける。

ピンクの唇が気になり、つい横目で見てしまう。すると、先ほどの美波のキスを思い出した。

(うっ……)

そのとき、頭が割れるように痛くなった。

以前にも美波とキスをした気がする。しかも、舌をからめ合う濃厚なディープキスだ。強烈なイメージが押し寄せたと思ったら、本当の記憶のように頭のなかにひろがった。

(キスだけじゃない……)

セックスもした……。

この部屋で美波と結ばれた。それも、つい最近のことだ。ふたりともはじめてだったが、なんとか挿入することに成功した。

(バ、バカな……)

頭の片隅では、あり得ないことだとわかっている。

ディープキスもセックスも、まだ経験したことはない。しかも、美波を相手にそんなことをできるはずがなかった。

(俺の願望だ……)

何度も妄想してきたことと現実の区別がつかなくなっているらしい。

そう思う一方、このベッドでセックスした光景が脳裏にひろがっている。このデジャヴはいったいなんだろうか。妄想と決めつけるには、あまりにも生々しい謎の記憶だった。

「大樹ちゃん」

呼びかけられて、琴音がじっと見つめていることに気がついた。

「は、はい……」

動揺をごまかすため、コーラの蓋を開けてグッと飲んだ。

「あなたたち、つき合ってるの？」

琴音の唐突な言葉にドキッとする。大樹はさらに動揺して、危うく口に含んだコーラを噴き出しそうになった。

「なっ、なにを言ってるんですか」

つい声が大きくなるが、琴音はきょとんとした顔をしている。

「違うの？」

「ど、どうして、俺と美波が……」

「だって、さっきキスしてたじゃない」

見られていないと思って安心していたのに、彼女は先ほどのキスをしっかり目撃していたのだ。

「あ、あれは、俺もよくわからなくて……」

大樹は正直に答えた。

「美波ちゃんのほうが、突然、キスをしたってこと？」

「そ、そうなんです」

即座にうなずくが、琴音は納得していないようだ。大樹も信じられないのだから、彼女が不思議に思うのは当然のことだろう。

「美波ちゃん、意外に大胆なのね」

しばらく考えこんでいた琴音が、ぽつりとつぶやいた。

「どういうことですか？」

「大樹ちゃんのことが好きなのよ。あんなまじめな子がキスをする理由は、それしかないでしょう」

衝撃的な言葉だった。

だが、確かに琴音の言うとおりだ。美波は明るくて人見知りしない性格だが、誰とでもキスをするようなタイプではない。

「で、でも、まさか……」

大樹はずっと美波に片想いをしていた。だが、じつは美波も大樹のことを想っていたというのか。

「そ、そんなはず……」

「わたしは、それしかないと思うけどな」

琴音の言葉が妙な説得力をともない、胸の奥にひろがっていく。それでも、まだ信じられなかった。

「美波が俺を……そんなの、あり得ないよ」

「まだ気づかないの。鈍感なんだから……」

ため息まじりのつぶやきが聞こえた。

隣を見やると、琴音が呆れたような微笑を浮かべている。なにか言いたげな顔が気になった。

「俺って鈍感ですか」

「鈍感よ」

琴音が即答する。鈍感という自覚はまったくなかったので、少なからずショックを受けた。

「そうかなぁ」

今ひとつ納得がいかない。大樹が不満げにつぶやくと、隣に座っている琴音が身体をすっと寄せた。

「だって、わたしの気持ちにも気づいてなかったでしょう」

いったい、どういう意味だろうか。すぐ近くから目を見つめられて、胸の鼓動が速くなった。

「な、なんのことですか?」

「ほら、やっぱり鈍感じゃない」

琴音が不服そうな顔をする。

なにかまずいことを言ったのだろうか。まったくわからず、大樹は思わず黙りこんだ。

「わたしが、どうしてほとんど田舎に帰らないかわかる?」

琴音が問いかけてくる。

仕事が忙しいからではなかったのか。てっきりそうだと思いこんでいたが、ほかに理由があるのだろうか。質問の意図すらわからず、大樹は無言のまま首を左右に振った。

「大樹ちゃんに会うのがつらいからよ。最初は弟みたいでかわいいって思っていたんだけど、いつの間にか好きになっていたの。でも、わたしのことなんて、見向きもしてくれないんだから」

琴音はひと息に話すと、思いつめたように下唇を噛みしめる。まっすぐ向けられた瞳には涙が滲んでいた。

（ま、まさか、そんな……）

目眩がするほどの衝撃だった。

あの清楚でやさしい琴音が、大樹のことを想っていたというのか。琴音本人の口から語られたというのに、すぐには信じられない。あのころを思い返しても、そんなそぶりがあったようには思えないのだが。

「大樹ちゃん、美波ちゃんのことしか見てないから仕方ないよね」

完全にバレている。確かに大樹はずっと美波に片想いしていた。ほかの女性は恋愛対象として見ていなかった。

「前に進まなくちゃと思って、東京で何人かとおつき合いしたけど、長続きしなかった」

結局、大樹のことを忘れられなかったという。

「会うと、もっとダメになりそうな気がしたから……」

叶わぬ恋だとわかっていたから、大樹を避けつづけていたらしい。自分が彼女にそれほど想われる存在だったとは驚きだった。

「今日は、どうしてここに?」

素朴な疑問を口にする。帰省もしないほど大樹を遠ざけていたのに、なぜ今日にかぎってここに来たのだろうか。

「美波ちゃんに、どうしてもって頼まれたんだもの。あんなに熱心にお願いされたら断れないわ」

琴音は昔から美波のことを妹のようにかわいがっていた。そんな美波に頼まれて、引き受けるしかなかったようだ。

「でも、美波はどうして……」

「大樹ちゃんのことが好きだからに決まってるじゃない。でも、ひとりで来る勇気がなかったのよ」

琴音は呆れた顔でつぶやいた。

普通に考えればそうなのかもしれない。だが、美波に関しては、ほかに理由がある気がしてならない。

（なんか、おかしかったんだよな……）

思い返すと疑問が湧きあがる。

玄関ドアを開けた瞬間から違和感があった。平静を装っていたが、瞳の奥に不安が見え隠れしていた。なにかを心に抱えていたのではないか。キスをしてくれたのは、恋愛感情の表れかもしれない。しかし、美波の冴えない表情が、心にずっと引っかかっていた。

「鈍感すぎるよ」

琴音の声にはめずらしく怒りが滲んでいる。

確かに鈍感だと言われても仕方がない。美波の考えていることはわからないままだが、琴音の気持ちに気づかなかったのは事実だ。

「す、すみません」

大樹は肩を落としてつぶやいた。

琴音は幼いころから憧れの女性だった。ふたつ年上だったこともあり、大樹の目には大人の女性に映っていた。そんな彼女が自分に好意を持っていたとは想像もしなかった。

「本当に悪いと思ってる？」

「は、はい、思ってます」

素直に答えながらも、この状況が信じられずにいた。

なにしろ、女性と交際経験がなく、二十一歳になった今も童貞だ。それなのに琴音の恋心に気づかなかった。まったく自覚はないが、なぜか彼女をフッたような感じになっていた。

「なんか……すみませんでした」

よくわからないが、とにかく頭をさげる。すると、琴音が静かに息を吐き出すのがわかった。

「それなら、今だけわたしのものになって」

「はい？」

一瞬、聞き間違いかと思い、彼女の顔を見つめる。だが、琴音は真剣な瞳で見つめ返してきた。

「大樹ちゃん、童貞？」

唐突に質問されて、反射的にうなずいてしまう。すると、琴音は口もとに微笑を浮かべた。

# 4

琴音が身体を寄せたことで、肩と肩が触れ合った。

黒髪から甘いシャンプーの香りが漂ってきて、無意識のうちに肺いっぱいに吸いこんだ。

「わたしにちょうだい。大樹ちゃんのはじめて」

琴音の唇から大胆な言葉が紡がれる。

冗談を言っている顔ではない。琴音はしっとりと潤んだ瞳で見つめると、手のひらをスウェットパンツの太腿に重ねた。

「な、なにを……」

「そうしたら、きっぱり忘れるから」

琴音の手が太腿を這いあがる。股間へと徐々に近づき、それだけでペニスが疼きはじめた。

「一度だけでいいの」

「で、でも……」

脳裏には美波の顔が浮かんでいる。想いを寄せる女性がいるのに、琴音と交わるわけにはいかない。

「まだ美波ちゃんとつき合ってないのよね。それなら裏切ることにはならないでしょう」

確かにそうかもしれないが、気持ちは美波に向いている。自分の心に嘘はつけなかった。

「やっぱり――ううっ」

断ろうとした大樹の声は、途中から快楽の呻きに変わっていた。

琴音の手のひらが股間に重なったのだ。スウェットパンツの上からペニスをやさしく撫でられている。先ほどから疼いていた肉棒は、瞬く間に芯を通して硬くなった。

「もう、こんなに……」

琴音が驚きの声をあげる。

そして、ペニスの硬さを確かめるように、布地ごしに右手の指をしっかり巻きつけた。東京でつき合った男が何人かいたようなので、それなりに慣れているのかもしれない。

「くうっ」

軽く握られただけだが、それでも快感がひろがっていく。先端から我慢汁が溢れるのがわかり、腰にブルルッと震えが走った。

「気持ちいいのね。大樹ちゃん、かわいいわ」

琴音はうっとりした声でささやき、ペニスに巻きつけた指をゆっくりスライドさせる。それだけで甘い刺激がひろがり、新たな我慢汁がドプッと溢れ出す。同時に腰の震えも大きくなった。

「そ、そんなにされたら……」

慌てて訴えると、琴音はうれしそうに目を細める。しごく速度を緩めるが、ペニスを離そうとしなかった。

「ううっ……や、やばいです」

すぐに射精欲がこみあげる。

なにしろ大樹は童貞だ。それに対して、琴音は処女ではないだろう。スウェットパンツの上からとはいえ、女性にペニスをしごかれて耐えられるはずがない。

ゆったりした動きだが、それでもあっという間に追いつめられた。

「わたしも、我慢できなくなってきちゃった」

琴音の指がスウェットパンツのウエスト部分にかかる。そして、ボクサーブリーフといっしょにおろしはじめた。

「お尻、あげて」

言われるままシーツから尻を浮かせる。すると、スウェットパンツとボクサーブリーフがおろされて、勃起したペニスが勢いよく跳ねあがった。

「ああっ、すごい……」

琴音が喘ぎまじりにつぶやき、すぐさま太幹に指を巻きつけた。

「ううっ」

柔らかい指の感触が気持ちよくて、呻き声を抑えられない。ただ握られているだけなのに、我慢汁がジクジクと湧き出していた。

「硬い……すごく硬いわ」

琴音は昂った声でつぶやき、膝にからんでいたスウェットパンツとボクサーブリーフを脚から抜き取った。さらにスウェットの上着も奪うと、大樹をベッドに押し倒した。

（な、なんか、ちょっと……）

顔が赤くなっているのが鏡を見ないでもわかる。

憧れていた近所のお姉さんの前で、裸になって横たわっているのだ。羞恥がこみあげて、全身にひろがっている。それなのにペニスは萎えるどころか、ますます雄々しく反り返った。

「あの大樹ちゃんが、こんなに立派になっちゃったのね」

琴音が感慨深そうにつぶやいた。

ベッドの前に立ち、ブラウスのボタンを上から順にはずしていく。前がはらりと開き、レモンイエローのブラジャーに包まれた乳房が現れた。カップで押さえつけられているが、かなりの大きさに違いない。

ブラウスを脱ぐと、フレアスカートとストッキングを脱ぎ去った。股間に張りついているのは、レモンイエローのパンティだ。布地が小さいためか、太腿のつけ根に食いこんでいる。

(あ、あの琴音さんが……)

大樹は無意識のうちに首を持ちあげて凝視していた。

記憶のなかの琴音は、清らかでやさしい女性だ。その琴音が自ら服を脱いで下着姿になっている。さらには両手を背中にまわしてブラジャーのホックをプツリとはずした。

カップを押しのけるようにして、双つの乳房がプルルンッとまろび出る。白くてたっぷりしたふくらみだ。

(す、すごい、美波よりもでかいぞ)

心のなかでつぶやいた瞬間、はっとする。

なぜか見たこともない美波の乳房と比べていた。しかし、どういうわけか、はっきり覚えている。美波の乳房は白くて張りがあり、淡いピンクの乳首がツンと上を向いていた。

どうして、そんなことがわかるのだろうか。

とにかく、目の前で揺れる琴音の乳房は、美波よりもひとまわりは大きい。先端で揺れている乳首は濃いピンクだ。興奮しているのか、乳輪までふっくら盛りあがっているのが卑猥だった。

「大樹ちゃんの前で……恥ずかしい」

琴音は独りごとのようにつぶやき、パンティもおろしていく。

恥丘にそよぐ陰毛がふわっと溢れ出す。黒々とした縮れ毛が濃厚に生い茂っており、清楚なイメージとのギャップにドキリとした。

(美波と全然違う……)

またしても美波と比べてしまう。

なぜか記憶にある美波の陰毛は極薄だ。割れ目が透けるほど薄いが、琴音の恥丘は漆黒の秘毛で覆われていた。

どうして見たこともない美波の裸体が脳裏に浮かぶのだろうか。自分の頭のなかで、なにかが起きている。だが、交通事故による記憶障害なのか、それともデジャヴなのか、まったくわからなかった。

「ふたりだけの秘密だよ」

琴音のやさしい声が聞こえた。

一糸纏わぬ姿になり、照れ笑いを浮かべている。たっぷりした乳房にくびれた腰、むっちりした尻も魅惑的だ。肉感的な裸体を目にしたことで、ペニスはさらにひとまわり大きく膨脹した。

(俺、今から琴音さんと……)

そう思うと、ほかのことは考えられなくなる。興奮が押し寄せて、すべての思考をかき消した。

琴音が大樹を見つめながらベッドにあがってくる。ギシッという軋む音が生々しい。琴音は仰向けになっている大樹の股間をまたぐと、両膝をシーツにつけた騎乗位の体勢になった。

「こ、琴音さん……」

呼びかける大樹の声は震えていた。

「怖くなったの？」

「い、いえ……本当にいいのかなと思って……」

数年ぶりに会ったというのに、なぜかセックスすることになっている。琴音が初体験の相手になってくれるとは夢のような話だ。

「わたしが、大樹ちゃんとしたいの……思い出がほしいの」

琴音はせつなげな瞳になっている。右手でペニスをつかむと、先端を自分の股間へと誘導した。

そのとき、赤々とした陰唇が目に入った。

漆黒の陰毛が茂る恥丘の下に、濡れ光る割れ目がはっきり見える。記憶のなかの美波がいかにも清純そうなサーモンピンクだったことを思うと、多少は経験を積んでいるのかもしれない。

「大樹ちゃん……はンンっ」

亀頭を女陰に押し当てると、琴音は腰を前後にゆっくり揺らす。その直後、先端が柔らかい場所に沈みこんだ。

「はあああッ」

琴音の甘い声が、狭いアパートの一室に響きわたる。

「ううううッ」

ペニスの先端に熱い感覚がひろがっていた。

首を持ちあげて股間を見やれば、すでに亀頭が女陰の狭間に埋まっている。先端が膣口に入っており、さらに琴音が腰を落としてきた。

「お、大きいわ……ああっ」

「ううッ……うううッ」

肉棒が膣口に呑みこまれていく。やがて根元まで完全に見えなくなり、ふたりの股間が密着した。

「ああンっ……全部、入ったわよ」

「くううッ、す、すごいっ」

大樹はたまらず唸った。

ついに童貞を卒業したのだ。まさか憧れていた琴音が、はじめての女性になるとは思いもしなかった。

一方で、これが二度目のセックスのような感覚に囚われている。

どういうわけか、はじめては美波と経験したような気がしてならない。頭ではあり得ないことだとわかっている。それなのに、はじめて同士でぎこちないセックスをした記憶が脳裏に焼きついていた。

「大樹ちゃんのはじめて、もらっちゃった」

琴音がうれしそうにつぶやく声が聞こえる。

腰を完全に落として、ペニスをすっぽり呑みこんでいた。互いの陰毛がからみ合っており、ほんの少し腰を動かすだけで、シャリシャリという乾いた音が響きわたった。

(俺のチ×ポが、琴音さんのなかに……)

快感と興奮が頭のなかを埋めつくしていく。

熱い膣襞がペニスを包んで、ウネウネと蠢いている。まるで咀嚼《そしゃく》するような動きが快感を生み出していた。まだ挿入しただけだが、我慢汁がとまらない。腰を無意識のうちにクイクイとしゃくっていた。

「あンっ、腰が動いてるわ……気持ちいいの？」

琴音が両手を大樹の腹に置き、濡れた瞳で見おろしてくる。

「き、気持ちいいです」

大樹は快感をこらえながらつぶやいた。

こうして言葉を交わしている間も、ペニスは琴音の深い場所まで入りこんでいる。あの清らかで美しい近所のお姉さんとセックスしているのだ。それを実感すると、異常なほどの興奮が押し寄せた。

「こ、琴音さん……」

震える手を伸ばすと、琴音がその手をそっとつかむ。そして、自ら乳房へと導いてくれた。

「触りたいのね。いいわよ」

両手で乳房を包んで、恐るおそる指を曲げる。すると、指先が柔肉のなかに沈みこんでいく。

(や、柔らかい……おおおっ)

一瞬、美波の乳房が思い浮かぶが、あえて考えないようにする。今は琴音とのセックスに集中したい。

指先で乳首をそっとつまみあげる。とたんに女体がくねり、膣がキュウッと締まるのがわかった。

「くうウッ、す、すごいっ」

「あンっ、触るの上手よ……誰かの触ったことあるの？」

琴音が喘ぎながら尋ねてくる。そして、ペニスを深く呑みこんだ状態で、腰を前後に揺らしはじめた。

「そ、そういうわけじゃ……」

「経験があるみたい……はあンっ」

「ううッ……き、気持ちいいっ」

慌てて両手を彼女の腰に移動させる。

激しく動かれると、すぐに達してしまいそうだ。とっさに尻の筋肉に力をこめて、射精欲を抑えこんだ。

謎の初体験の記憶が役立っていた。

すでに一度、セックスを経験している気がしているため、多少なりとも余裕がある。大樹は両手で琴音の腰の動きを制止ながら、今度は自分が股間をグッと突きあげた。

「ああッ……ダ、ダメ、動かないで」

琴音が慌てたような声を漏らす。その直後、女体がガクガクと小刻みに震え出した。

「お、奥まで来てるの……だ、大樹ちゃんの大きいから……」

どうやら、亀頭がより深い場所に到達したらしい。琴音の白い下腹部が、艶めかしく波打っている。

「奥、弱いの……あああッ」

「くうぅッ、き、きついです」

大樹も快楽の呻きを漏らした。

女壺が猛烈に収縮して、ペニスを思いきり締めつけている。我慢汁がどっと溢れると同時に、またしても射精欲がふくらんだ。

懸命に耐えながら股間を連続で突きあげる。真下からペニスを突きこみ、膣の奥をかきまわす。そうすることで琴音が甘い声を振りまき、騎乗位でつながった女体がくねりはじめた。

「あッ……あッ……大樹ちゃん、すごいわ、奥に当たって……ああッ」

「うぅッ、こ、琴音さんっ」

大樹の性感も追いこまれている。射精欲は限界近くまでふくらみ、膣のなかで大量の我慢汁が溢れていた。

大樹の腹に置いてあった琴音の手が、胸板へと移動する。そして、指先で乳首をクニクニといじりはじめた。とたんに全身の感度がアップして、ペニスに受ける快感も大きくなった。

「くうウッ、そ、そこ、やばいですっ」

慌てて訴えると、琴音が目を細めて見おろしてくる。そして、指先で乳首をやさしく摘まみあげた。

「大樹ちゃんも、乳首が感じるのね」

ねちっこく転がしたかと思えば、いきなりキュッと押しつぶす。その感触も気持ちよくて、大樹の腰も小刻みに震えはじめた。

「くううウッ」

興奮にまかせて股間を突きあげる。すると、ペニスが女壺の深い場所に突き刺さった。

「ああンっ、も、もうダメっ」

琴音は両膝を立てて足の裏をシーツにつけた。

M字開脚のはしたない格好だ。もはや性感が完全に蕩けているのか、尻を上下に振りはじめる。ペニスが高速でグイグイ出入りをくり返し、快感が一気に大きくなった。

「ううッ……ううッ」

「ああッ、い、いいっ、奥が……あああッ」

大樹の呻き声と琴音の喘ぎ声が交錯する。

琴音の上下動に合わせて、大樹も股間を突きあげている。ふたりの動きが一致することで、ペニスがより深い場所まで入りこむ。膣道の奥を小突きまわし、結果として締まりが強くなる。

「おおおッ、も、もうっ」

これ以上は耐えられない。大樹は欲望のままに腰を跳ねあげて、ペニスを連続で出し入れした。

「ああッ、ああッ、す、すごいっ、はあああッ」

琴音の喘ぎ声も大きくなる。感じているのは明らかで、膣のなかが激しくうねりはじめた。

「き、気持ちいいっ、も、もう……もう出ちゃいますっ」

たまらず訴えると、琴音は腰を振りながらガクガクとうなずいた。

「だ、出して、わたしのなかでいっぱい出してっ」

その言葉が引き金となり、ついに大樹の欲望は限界を突破する。ペニスが女壺の奥で脈動して、大量の精液が尿道を一気に駆け抜けた。

「おおおッ、で、出るっ、くおおおおおッ！」

唸り声をあげて股間を突きあげる。亀頭を深い場所まで埋めこんだ状態で、ザーメンを思いきり放出した。

うねる膣粘膜に包まれて射精するのは、頭のなかが沸騰するほどの快楽だ。彼女のくびれた腰を両手でつかみ、愉悦にまみれながら精液を注ぎこむ。膣がさらに締まるから、なおさら快感がふくれあがった。

「あああッ、あ、熱いっ、わ、わたしも、イクッ、イクうううッ！」

琴音もあられもない声をあげて昇りつめる。騎乗位でまたがった女体が仰け反り、蜜壺がさらに締まっていく。膣のなかが痙攣して、ペニスをしっかり食いしめる。

快感の高波が押し寄せる。大樹は彼女の腰を両手で引き寄せて、二度、三度と精液を噴きあげた。

琴音はしばらく仰け反って全身を震わせていたが、やがて糸が切れた操り人形のように倒れてきた。大樹は両手をひろげて女体を受けとめる。琴音の乱れた息が顔にかかった。

「大樹ちゃん……素敵だったよ」

「こ、琴音さん……」

額を寄せてささやき合う。視線を重ねて言葉を交わすことで、愛おしさがこみあげた。

(俺……本当に琴音さんと……)

セックスをした実感が胸にひろがっていく。それと同時に、彼女を絶頂に追いあげたことで男の自信がみなぎっていた。

どちらからともなく唇を重ねて、舌を深くからめ合う。絶頂の余韻が色濃く漂うなか、ふたりはディープキスで唾液を交換する。これが最初で最後の交わりだと思うと、胸に熱いものがこみあげた。

(あっ……寝ちゃってたのか)

大樹はふと目を覚ました。

口づけを交わしているうちに、いつの間にか眠ってしまったらしい。琴音は隣で睫毛を伏せて、静かな寝息を立てていた。

（なんか、腹が減ったな……）

考えてみれば、今日はまだなにも食べていない。時刻を確認すると、もうすぐ昼になるところだ。

（コンビニでも行くか）

なにしろ道路を挟んで向かいにあるので気軽に利用している。日頃からコンビニ弁当やカップ麺で食事をすませることが多かった。

琴音を起こさないように気をつけながら立ちあがる。

ボクサーブリーフとスウェットの上下を身に着けると、財布とスマホだけ持って玄関に向かった。

サンダルを突っかけて外に出る。とたんに冷たい風が吹き抜けて、一気に体温が奪われた。

（寒いっ……）

ブルゾンを羽織ってくればよかったと思いながら、左右を確認して道路に一歩踏み出した。

「だいちゃんっ」

そのとき、大声で叫ぶ声が聞こえた。

（あれ、美波？）

不思議に思って立ちどまり、あたりに視線をめぐらせる。それと同時に車のブレーキ音が響きわたった。気づいたときには、白いセダンがすぐ目の前に迫っていた。

（これって、確か……）

覚えのある光景だ。

またデジャヴか――。

そう思った直後、セダンのフロント部分が腹に思いきりぶつかった。体が勢いよく宙に投げ出される。景色が上下逆さまになり、目に映るものすべてが白黒になった。

絶望感が胸にひろがっていくなか、地面がどんどん迫ってくる。動きはスローモーションになっているが、空中でどんなにもがいても体勢を変えることはできない。

（あっ……美波）

視界の隅に、泣き叫ぶ美波の姿が映った。

「だいちゃんっ、ダメぇっ！」

その声に呼応するように、強い思いがこみあげる。まだ死にたくない。死ぬわけにはいかない。まだ美波に気持ちを伝えていないのだ。今、死んだら絶対に後悔する。

地面にぶつかる寸前、大樹は必死に身をよじった。宙で体が仰向けになる。しかし、後頭部に激しい衝撃を受けて、すべてが暗闇に包まれた。

# 第三章　守りたい人妻

## 1

瞼の裏に眩い光を感じる。ふと目を開けると、カーテンごしに朝日が差しこんでいた。

（朝か……）

大樹は自室のベッドで目を覚ました。

たっぷり寝たはずなのに、頭がなんとなく重い感じがする。眠りが浅かったのだろうか。疲れが抜けていない気がして怠かった。

（なんか、いやな夢を見たような……）

誰かの叫び声を聞いた気がする。はっきり覚えていないが、きっと悪い夢でも見たのだろう。

横になったまま伸びをすると、枕もとに置いてあるスマホを手に取った。

土曜日だというのに、とくに予定は入っていない。例によって一日中、ゴロゴロして過ごすことになるだろう。スマホでニュースをチェックするが、とくに興味を惹く記事はなかった。

そのとき、スマホにメールが届いた。

(おっ、美波だ)

片想いをしている幼なじみからのメールだ。テンションが一気にあがり、さっそく開いて確認する。

――だいちゃんのアパートの住所を教えて。

たった一行、用件だけが書いてあった。

なぜ、急に住所を? それに、いつもは雑談が書いてあるのに、ずいぶん素っ気ないメールだ。なにか急いでいるのだろうか。とにかく、すぐに住所を書いて返信した。

(確か、前にも住所、教えたような……)

メールを送ってから、ふと思う。

以前にも住所を聞かれて教えた気がする。しかし、受信フォルダに住所を尋ねるメールは残っていなかった。

(思い違いか……)

ほかの人に住所を聞かれたのを、美波と勘違いしているのかもしれない。

だが、なにかが胸に引っかかっている。考えれば考えるほど、美波に教えた気がしてならない。

(そうだ。確かメールを教えたあと、美波がここに来たような……)

ふと、なにかを思い出しそうな気がした。

その瞬間、頭のなかに濃い霧が立ちこめていく。それとともに、記憶が遠くに去ってしまう。なにか大切な記憶のような気がするが、どういうわけか思い出せない。

よくよく考えてみれば、美波がこの部屋に来たことは一度もない。だから、そんな記憶があるはずがないのだ。

(どうして、そんなことを思ったんだろう?)

自分で自分の考えていることがわからない。

ベッドに横たわったまま、答えの出ないことを延々と考えつづける。

突然、呼び鈴が鳴り響いた。

はっとして跳ね起きる。まさか、美波が来たのだろうか。もしそうなら、単なる思い違いや夢ではなくなってくる。

大樹はベッドから起きあがると、急いで玄関に向かった。ドアスコープものぞかず、勢いよくドアを開ける。すると、そこには美波が立っていた。

「びっくりしたぁ」

いきなりドアを開けたことで、美波が目をまるくする。

赤いチェックのミニスカートにクリーム色のハイネックのセーター、その上に羽織っている茶色のダッフルコートにも見覚えがあった。だが、いつ見たのかは思い出せない。

大樹は声をかけることもできずに固まっていた。

先ほど、ふと脳裏に浮かんだことが現実になっている。メールのやり取りをしたあと、美波がここに来た気がしたのだ。未来を予想したのではなく、過去の体験を思い出す感じだった。

(なんか、おかしいな……)

美波がここに来るのは、これがはじめてだ。それなのに、まるで過去に体験したような感覚に囚われている。今、こうして玄関先に立っている美波を、以前にも見たことがある気がした。

もしかしたら、デジャヴというやつだろうか。しかし、美波が来る前に、過去の出来事を思い出すような感覚があったのだ。

(頭でも打ったのかな……)

そう思うと同時に胸騒ぎがした。悪いことが起きそうな気がする。だが、なにが起きるのかはわからない。

「どうしたの？」

美波が不思議そうに尋ねてくる。

「俺、なんかヘンなんだ……前にも美波が来た気がするんだよ」

「えっ……」

とたんに美波が怪訝《けげん》な顔をした。そして、なにかを探るように大樹の顔をまじまじと見つめる。

「やっぱり、ヘンだよね？」

思わず苦笑を漏らすが、美波は笑わなかった。

「あがってもいい？」

「う、うん……」

とにかく、美波を迎え入れる。すると、彼女は当たり前のように部屋の奥まで行くと、コートをハンガーにかけてベッドに座った。

先ほどから見たことがあるような光景が連続している。だが、そんなことはあり得ない。あり得ないはずなのだ。

「美波……ここに前にも来たことあったっけ？」

大樹は卓袱台を挟んで腰をおろすと、さっそく美波に問いかけた。部屋が散かっているが、掃除をする心の余裕はなかった。

「だいちゃんは、どう思うの？」

美波は質問に答えず、逆に聞き返してくる。やけに真剣な表情で、大樹の目をじっと見つめていた。

「なんか、同じようなことが前にもあった気がして……さっきのメールももらったことがあるような……」

だんだん声が小さくなってしまう。自分でも、おかしなことを言っていると思う。美波が聞いたら、もっとおかしいと感じるのではないか。

「記憶が混乱してるっていうか……夢でも見たのかな……きっとそうだよね」

笑ってごまかそうとするが、頬がひきつってしまう。結局、大樹はそれきり黙りこんだ。

「夢じゃないよ」

美波がぽつりとつぶやいた。

確信めいた言い方が気になった。どうして、夢ではないと言いきれるのだろうか。それに、美波はどうしてここに来たのだろうか。

「なにをしに来たの？」

「べ、別に……遊びに来ただけだよ」

美波は一瞬言いよどんだ。

これまで一度も来たことがないのに、急に遊びに来るのも妙な気がする。大樹の混乱した状況を知っていて、様子を見に来たのでは。

（いや、そんなはずないよな……）

東京で美波に会うのは、これがはじめてのはずだ。メールのやり取りをしたのも久しぶりだった。

大樹の記憶が混乱していることを、美波が知っているはずがない。そう思うのだが、なにかが心に引っかかる。つい最近、美波に会った気がしてならない。しかも、この部屋で同じような状況だった記憶があるのだ。

「ちょっと、飲み物でも買ってくるよ」

外に出て頭を冷やしたい。そう思って立ちあがると、美波が慌てて卓袱台をまわりこんできた。

「コンビニなら、わたしが行ってくるよ」

「いいよ。すぐそこだから」

「ダメ、わたしが行く」

美波はいつになく強い口調になっている。どういうわけか、大樹を引きとめようとしていた。

「どうしたの?」

「なんでもないけど、コンビニはわたしが行く」

やはり美波の様子はおかしい。どうして、大樹をコンビニに行かせてくれないのだろうか。

「なんか知ってるの?」

「なんかって、なに？」

質問しても、まともに答えてくれない。はぐらかされている気がして、苛立ちが募った。

（コンビニに行けば、なにかわかるのかも……）

いったい、なにが起きているのだろうか。この胸がモヤモヤしている状況を打破したい。

「行ってくる」

美波を押しのけると、強引に玄関へ向かう。すると、美波が背後から腕をつかんできた。

「行っちゃダメっ」

なぜか必死に引きとめようとする。そんな美波の姿を見ると、なおさら疑念が湧きあがる。

（外になにかあるのか？）

大樹は彼女の手を振りほどくと、サンダルをつっかけて外に飛び出した。

とくに変わったところはない。道路が左右に延びており、その向こうに通い慣れたコンビニが見える。冷たい風が吹き抜けるだけで、いつもの景色がひろがっていた。

少々拍子抜けしながら道路を渡る。

「だいちゃんっ」

そのとき、背後で美波の叫ぶ声がした。

（あっ、これって……）

前にも体験したことがある。

そう思った直後、路地から白いセダンが曲がってくるのが見えた。猛スピードで迫ってきて、恐怖で全身が硬直する。逃げることができず、あっという間に撥ねられた。

体が宙に舞いあがり、真っ逆さまになって落ちていく。目に映るすべての物が色を失い、動きがスローモーションになった。

（そうか……美波は知ってたんだ）

少しわかった気がする。

大樹が車に撥ねられることを知っていたのではないか。だから、美波は大樹がコンビニに出かけるのを必死でとめていたのだろう。だが、どうして美波がそんなことを知っているのかはわからない。

「だいちゃんっ、ダメぇっ！」

美波の叫ぶ声が聞こえる。

地面が急速に迫り、絶望が胸にひろがっていく。

間違いない。以前にも同じ体験をしている。その直後、激しい衝撃を受けると同時に意識がぷっつり途切れた。

2

ふと目が覚めると自室のベッドだった。

カーテンごしに朝の陽光が射しこんでいる。枕もとのスマホを手に取って確認すると、土曜日の朝だった。

（やっぱり……）

疑念が心に浮かんでいる。

土曜日をくり返しているのではないか。車に撥ねられて死ぬと、また土曜日の朝になっているのだ。

（俺、何回も……）

土曜日をくり返している。

記憶の断片をつなぎ合わせると、一回や二回ではない。中身は微妙に違っているが、結果はいつも同じだ。コンビニに行こうとして外に出ると、車に撥ねられる。そして、また土曜日の朝になっているのだ。

（きっと、もうすぐ……）

そう思ったとき、スマホがメールの着信音を響かせた。確認すると、やはり美波からのメールだった。

――だいちゃんのアパートの住所を教えて。

その文面もはっきり覚えている。

返信しなかったら、どうなるのだろうか。だが、大樹が教えなくても、実家に電話をかければ住所はわかる。それに、美波はなにか秘密を知っている気がしてならない。聞きたいこともあるので、すぐに住所を書いて返信した。

しばらくしたら、美波がここに来るはずだ。

その前に床に落ちている服や雑誌をかき集める。卓袱台の上に置きっぱなしになっているゴミもかたづけた。

掃除を終えるとベッドに腰かける。記憶どおりなら、もうすぐ呼び鈴が鳴るはずだ。そう思った矢先、やはり呼び鈴の音が鳴り響いた。

大樹は深呼吸をして気持ちを落ち着かせると、玄関に向かった。

「だいちゃん、久しぶり」

ドアをそっと開ければ、そこには美波が立っていた。

見覚えのある光景だ。微笑を浮かべているのは平静を装うためだろうか。しかし、頬が微かにひきつっているのを、大樹は見逃さなかった。

「あがりなよ」

とにかく、部屋にあがるようにうながした。美波はとまどった顔をするが、なにも言うことなくスニーカーを脱いだ。

「部屋、きれいにしてるんだね」

ダッフルコートを慣れた様子でハンガーにかけると、美波は当たり前のようにベッドに腰かけた。

「美波が来るって、わかってたから掃除しておいたんだ」

大樹はそう言って床に座った。

「どうして、わたしが来るってわかったの？」

美波が真剣な顔で尋ねてくる。

「わたしがメールで住所を聞いたから、来るかもしれないって思ったの?」

「違うよ。来るのを知ってたんだ」

大樹は彼女の目を見つめて、静かに語りかけた。

同じ日をループしているとしか思えない。美波が驚いた顔をしないのも、確信を深める要因になっていた。

「コンビニに行くと、車に撥ねられるんだ。それで死ぬんだけど、気づくと土曜
日の朝に戻ってるんだよ」

大樹は慎重に言葉を紡いでいく。美波がどんな反応をするのか気になった。

「そんなはずないでしょ」

美波は眉をひそめてつぶやいた。

「死んじゃったら、生き返れないんだよ」

「そんなのわかってるよ。でも、実際に俺は何度も生き返ってるんだ」

つい声が大きくなる。

自分でも、おかしなことを言っていると思う。非現実的だが、異変が起きてい
るのは間違いない。最初は記憶が混乱していると思ったが、それだけでは説明が
つかなくなってきた。

「朝、起きたときから美波からメールがあることも、そのあと美波がここに来ることも知ってたんだ」

「そんなはず……」

「俺、おかしいこと言ってるよね。先のことなんて、わかるはずないよね。でも、わかるんだよ。このあと、俺になにが起きるかも、全部わかってるんだ」

大樹は苛立ちまぎれに言い放った。

気づくと美波の顔色が変わっていた。大樹の言葉を受けて、動揺しているのは明らかだ。

「なにか知ってるんだろ。だから、ここに来たんじゃないの？」

「知らないよ……わたしは、ただ遊びに来ただけだもん」

美波は頰をひきつらせながらも、首を左右に振りたくる。その様子がなおさら疑念をかき立てた。

「前回もそう言ってたよね。遊びに来ただけだって」

「な、なんのこと？」

つぶやく声が震えている。

なにか知っているとしか思えない。それなのに、美波はあくまでもトボけるっもりらしい。

「どうして、教えてくれないんだよ」

わざわざ住所を聞いてまで、ここに来るのだから、大樹のことを気にかけているのだろう。それなのに、どうして教えてくれないのかわからない。苛立ちをぶつけると、美波は困ったように視線をそらした。

「俺、車に撥ねられて死ぬんだろ」

「そ、そんなこと……」

「知ってるんだ。もう、何回も撥ねられてるんだよ」

確かに覚えている。コンビニに向かうたび、暴走してきた白いセダンに撥ねられるのだ。

「だいちゃん……お願いだから、外に出ないで」

美波が瞳を潤ませながらつぶやいた。

やはり、なにかを知っているとしか思えない。だが、美波はそれきり黙りこんで、濡れた瞳で訴えかけてくる。

「わかったよ。今日は外に出ない」

大樹はため息まじりにつぶやいた。

車に撥ねられるとわかっていて、外に出る気はしない。美波がなにを知っているのかは気になるが、とにかく自分の命を守らなければならなかった。死ぬから土曜日をくり返しているのだろう。あの事故を避けることができれば日曜日を迎えることができるはずだ。

そんなことを考えていると、なにやら外が騒がしくなった。

「どこに行くつもりだっ」

「触らないで……」

男の怒鳴り声と女性の弱々しい声が聞こえる。

見知らぬ男女が言い争いをしていた。そんな声が聞こえるのはめずらしいので、つい聞き耳を立ててしまう。

「いい加減にしろっ」

「きゃっ」

再び男の声がしたかと思うと、パンッという鋭い音が響く。その直後、女性が悲鳴をあげた。

もしかしたら平手打ちをしたのではないか。

ベッドに腰かけている美波も、外の様子を気にしている。見知らぬ男女の喧嘩になど、かかわりたくない。だが、女性が暴力を受けているとなれば話は違ってくる。

「ちょっと見てくるよ」

放っておけずに立ちあがる。すると、美波も慌てた様子で腰を浮かせた。

「外に出ないって約束でしょ」

「道路には出ないようにするから大丈夫だよ」

大樹も車に撥ねられたくない。車が暴走してくるとわかっていながら、道路を渡るつもりはなかった。

「でも――」

「もし女の人になにかあったら、助けに行かなかったことを後悔するだろ。だから、様子を見てくるよ」

制止しようとする美波を振りきり、大樹はサンダルをつっかけて外に出た。

すると、アパートのすぐ近くで、見知らぬ男女が揉み合っていた。男は四十すぎだろうか。銀縁眼鏡をかけており、まじめそうな雰囲気だが、冷たい目をしているのが気になった。

女性は三十前後で、深緑のフレアスカートに白いブラウス、その上に濃紺のカーディガンを羽織っている。この時期にしては軽装だ。慌てて家を飛び出したのかもしれない。

ふたりは向かい合った状態だ。中年男が女性の両肩をつかんで、グラグラと揺さぶっていた。

「俺の言うことが信じられないのか」

「そうやって怒鳴るのは、疚《やま》しいことがある証拠よ」

男の剣幕はすさまじいが、女性は涙を流しながらも負けていない。なにかを確信している様子で言い返している。

「おまえ、いい加減にしないかっ」

中年男が拳を振りあげた。

このままでは女性が殴られてしまう。大樹は慌てて歩道を進み、ふたりに近づいた。

「あ、あの……大丈夫ですか?」

見知らぬ男女だが、なんとか仲裁しようとする。ところが、男は鋭い目でにらみつけると、いきなり大樹の胸を突き飛ばした。

「うるさいっ、引っこんでろ」

「うわっ……」

思いのほか強い力だ。大樹はたまらず後方へよろめき、そのまま車道に出てしまった。

そのとき、ブレーキ音があたりに響きわたる。はっとして振り返ると、白いセダンが目の前まで迫っていた。避ける間もなく撥ねられる。気づいたときには宙高く舞いあがっていた。

（クソッ、またかよ……）

心のなかで吐き捨てる。

またしても結果は同じだ。用心していたのに、突き飛ばされる形で車道に出てしまった。どうやっても、車に撥ねられる運命なのだろうか。

「だいちゃんっ、ダメぇっ！」

反転した視界の隅に、美波の姿が映った。

必死に叫ぶのが聞こえた。大樹は必死に身をよじるが、やはり体勢を変えることはできない。

（せめて足から落ちれば……）

そう思うが、どうにもならないのがもどかしい。わかっているのに、どうして事故に遭ってしまうのだろうか。

結局、頭から地面に激突して、視界が一瞬で暗転した。

3

（生きてるのか……）

目が覚めてほっとする。

大樹は自室のベッドで横たわっていた。念のため、枕もとのスマホで確認すると、やはり土曜日だった。

車に撥ねられて、またしても土曜日の朝に戻っていた。

はっきり記憶に残っている。男女の諍《いさか》いの声を聞いて外に出たところ、車に撥ねられてしまった。

これまでと違うのは、自分の意思で道路を渡らなかったことだ。しかし、男に突き飛ばされて車道に出てしまった。結果は同じで、暴走する白いセダンに撥ねられたのだ。

美波の言うとおり、外に出るべきではなかった。だが、女性が暴力を受けているのに、無視することはできない。今日もまた同じことが起きたら、どうすればいいのだろうか。

（警察に電話するか……）

おおげさな気もするが、そうするつもりだ。

自分の身を守るためにはこの部屋から出るべきではない。美波に行ってもらうのも心配なので、言い争う声が聞こえたら警察に通報することに決めた。

そんなことを考えていると、美波からメールが届いた。例によって住所を尋ねるメールだ。すぐに書いて返信した。

しばらくすれば、美波がやってくるだろう。

今度こそ知っていることを、すべて話してもらうつもりだ。土曜日の朝に戻るとはいえ、できることなら死を避けたい。地面に向かって落ちていく感覚は、何度経験しても慣れるものではなかった。

部屋の掃除をすると、ベッドに座って待ち受ける。そろそろだと思ったとき、呼び鈴が鳴り響いた。

（来たな……）

美波に会えるのはうれしいが、そのあとで起こることを思うと気が重い。とにかく、玄関に向かうとドアを開けた。

「だいちゃん……」

やはり美波が立っていた。

これまでとは様子が違っている。最初から探るような瞳で、大樹の顔を見つめていた。

「待ってたよ」

多くを語る必要はない。大樹がひと言つぶやくと、美波はなにも言わずに睫毛を伏せた。

「とりあえず、あがりなよ」

声をかけるが、なぜか彼女はあがろうとしなかった。

「あのね……ひとりじゃないんだけど」

美波はそう言ってドアの陰に視線を向ける。すると、ひとりの女性がおずおずと姿を見せた。

「あっ……」

大樹は思わず小さな声をあげた。

前回、中年男と口論していた女性ではないか。深緑のフレアスカートに白いブラウス、その上に濃紺のカーディガンという格好も同じだった。

「こ、この人は――」

「ここに来る途中、公園で見かけたの」

美波は大樹の声を遮って語りはじめた。

「寒いのに薄着で、しかもひとりでベンチに座ってたから、どうしたのかなって思って」

どうやら、美波の知り合いというわけではないようだ。

しかし、前回のことを考えると、単なる偶然ではないだろう。彼女と中年男の諍いの声が聞こえたので、大樹は外に出た。その結果、車に撥ねられてしまったのだ。

「なんか、いろいろ事情があるみたいなの。外は冷えるし、だいちゃんの部屋にあげてくれないかな」

美波が申しわけなさそうにつぶやいた。

普通なら見知らぬ女性を部屋にあげるのは躊躇するところだ。しかし、美波の考えていることが、なんとなくわかった。

この女性を部屋にあげれば、中年男と外で口論することはない。大樹が外に出て車に撥ねられる可能性が減ることになる。たぶん、美波は大樹が事故に遭わないようにしているのだ。

「美波……」

「だいちゃん、お願い」

美波の気持ちが伝わってくる。大樹も事故には遭いたくないので、断るという選択肢はなかった。

「どうぞ……」

大樹は玄関ドアを大きく開く。すると、美波に急かされて、女性が部屋にあがってきた。

「すみません……お邪魔します」

「適当に座っててください」

「はい、失礼します」

女性が部屋に入っていくと、美波が外から見つめてくる。

「わたしは、ちょっと行くところがあるから」

「えっ、美波はあがらないの？」

これまでとは異なる展開だ。大樹が声をかけると、美波は思いつめたような表情でうなずいた。

「だいちゃん、悪いけど、あの人の話を聞いてあげてね」

そう言われても、見ず知らずの女性だ。あり得ない状況にとまどうが、真剣な瞳で見つめられると断ることはできなかった。

「ふたりとも絶対に部屋から出ないで」

美波は念を押すように言うと、ドアを静かに閉めた。

（大丈夫だよな？）

急に不安に襲われる。

美波はなにをするつもりなのだろうか。しかし、強い決意が伝わり、呼びとめることはできなかった。

なにか考えがあるに違いない。ここは美波に言われたとおり、あの女性の話を聞こうと思う。念のため玄関ドアに鍵をかけると、部屋に戻った。すると、彼女は所在なげに立ちつくしていた。

「ベッドでよかったら、座ってください」

声をかけると、彼女は軽く会釈してベッドに腰かける。大樹は卓袱台を挟んで床に座った。

「突然、すみません」

彼女は深々と頭をさげると、沢木早織《さわきさおり》と名乗った。

近くの賃貸マンションに、夫婦で住んでいるという。早織は三十歳の専業主婦で、夫はひとまわり年上の四十二歳で商社に勤務している。若くしてやり手らしく、経済的には恵まれているらしい。

だが、それにしては疲れた顔をしていた。とはいえ、よく見ると顔立ちは整っていて、かなりの美形だ。黒髪のロングヘアは背中のなかほどまであり、キラキラと輝いていた。

「お、俺は――」

大樹も簡単に自己紹介する。名前を伝えると、大学生三年生で二十一歳だとつけ加えた。

「美波から少し聞いたんですけど、ちょっと、よくわからなくて……沢木さんは公園にいたんですか？」

「はい……じつは、夫と喧嘩をして……」

早織がぽつりぽつりと語りはじめる。

五年前に結婚したが子宝に恵まれず、最近は夫婦仲がぎくしゃくしていたようだ。そして、今日、夫は休日で家にいる予定だった。いっしょに買い物に行く約束をしていたが、急遽、仕事が入って出勤することになったという。

「でも、ウソなんです。あの人、浮気をしてるんです」

早織はうつむき加減につぶやいた。

半年ほど前から夫の態度がよそよそしくなったので、先日、悪いと思いつつスマホを盗み見たという。パスワードは簡単に予測できるものだったらしい。すると、若いOLとメールでやり取りしていたという。

「ホテルで会う約束とか、旅行の話とか……」

勘違いではなく、浮気は決定的だという。

だが、いつか自分のもとに戻ってくれると信じて、なにも言わずに我慢していた。ところが、夫はバレているとは思いもせず、若いOLと密会をくり返していたらしい。

「旦那さんって、どんな感じの人ですか」

もしやと思って尋ねてみる。

大樹の脳裏には、歩道で早織の両肩をつかんで、激しく揺さぶっていた男の顔が浮かんでいた。

「銀縁の眼鏡をかけていて、見た目はまじめそうです。ただ、ちょっと冷たい感じがするかもしれません」

早織の説明で確信する。

やはり、あの中年男に間違いない。美波がここに連れてこなければ、きっと夫が追いかけてきて暴力を振るわれることになったのだろう。そして、大樹が外に出て、車に撥ねられてしまうのだ。

(美波……なにを知ってるんだ?)

疑念はますます深まっていく。

どういうわけか、美波はすべてを把握しているらしい。そのうえで、大樹が事故に遭うことを回避しようとしていた。

「今日、急に仕事が入ったのはウソなんです」

早織の悲しげな声で我に返る。

「女の人と会う約束をしていたのを知ってるんです。それなのに——」

今日、口論になり、勢いで浮気のことを口にしてしまった。すると、逆上した夫に平手打ちされたという。

「ひどいな……」

浮気をしておいて逆ギレとは最低だ。大樹が思わずつぶやくと、早織の瞳から涙が溢れ出した。

「やっぱり、ひどいと思いますよね」

「さ、沢木さん？」

「でも、やさしいところもあるんです……」

肩を震わせて、頬を涙で濡らしていく。

浮気をされたことはショックだが、まだ気持ちが完全に冷めたわけではないらしい。DVを受けても、まだ夫のことを想っているのだ。だからこそ彼女は苦しんでいるのだろう。

「も、もう、わたし、どうすれば……うっ、うぅっ」

ついには嗚咽《おえつ》を漏らすだけになり、まったく話せない状態になってしまった。

（ま、まずい……まずいぞ）

大樹は困りはてて、暑くもないのに額に汗を滲ませた。

自分のひと言がきっかけなのは明らかだ。なんとかしなければと思うが、どうすればいいのかわからない。早織は夫の浮気に苦しんでいる人妻だ。恋愛経験もろくにない大樹に、慰めの言葉など思いつくはずもなかった。

「あ、あの……お、お茶でも入れますね」

目の前にいるのがつらくて立ちあがる。だが、お茶はもともと飲まないし、インスタントコーヒーも切らしていた。だからといって、コンビニに買いに行くことはできない。

外に出るのは危険だ。もう、車に撥ねられるのは御免だった。

(ど、どうすれば……)

冷蔵庫を開けてみるが、飲み物はなにも入っていない。結局、部屋のなかをウロウロすることしかできなかった。

「大樹さん……」

早織が声をかけてくる。名前を呼ばれただけでもドキリとした。

「近くにいてもらえますか」

今にも消え入りそうな声だった。

夫に浮気をされたうえ、それを指摘したことで暴力を振るわれたのだ。彼女が心に負った傷は大きかった。

「は、はい……」

大樹はどうすればいいのかわからないまま、ベッドに腰かけている彼女に歩み寄る。すると、隣に座るように、彼女は自分の横を手のひらで軽くポンポンとたたいた。

「し、失礼します」

自分のベッドだが、人妻の隣だと思うと緊張してしまう。大樹は小声でつぶやいてから腰をおろした。

「よ、よけいなことを言って、すみませんでした」

まずは謝らなければと思った。

自分が放った不用意なひと言が、彼女をなおさら傷つけてしまったのだ。悲しみに暮れている女性に聞かせてはならない言葉だった。

「違うんです」

早織はそう言うと、いったん尻を浮かせて身体をすっと寄せてくる。肩と肩が触れ合い、髪から甘いシャンプーの香りが漂ってきた。そして、大樹の手を取ると、しっかり握りしめた。

「うれしかったんです。わかってくれる人がいて」

意外な言葉だった。

「夫のこと、誰にも相談できなかったから……」

他人に話したのは、これがはじめてだという。そして、大樹が夫のことを「ひどい」と言ったことで、共感してもらえたと思ったらしい。

「そうしたら、涙が出ちゃって……困らせてしまって、ごめんなさい」

「い、いえ、そんなことは……」

手を握られたまま謝られて、大樹はドキドキしながらつぶやいた。

「大樹さんの手、あったかいです」

「あっ、寒いですよね。今、暖房をつけます」

大樹が立ちあがろうとすると、握った手に力がこもった。

「いいんです。このままで」

早織は両手でしっかり大樹の手を包みこむと、自分の胸もとへ引き寄せる。指がブラウスの乳房のふくらみに触れそうになっており、ますます胸の鼓動が速くなった。

「さ、沢木さん……」

「今だけ、名前で呼んでいただけませんか」

そう言われて困惑する。早織の瞳が艶めかしく潤んでいるのも気になった。

「このままだと、夫のことを許せません。だから……」

早織が大樹の手を引き寄せる。そして、手のひらをブラウスの上から乳房に押し当てた。

4

「な、なにを……」

手を引こうとするが躊躇する。

「わたし、そんなに魅力がないですか？」

早織が悲しげな瞳を向けていることに気がついた。ここで大樹が手を引けば、なおさら悲しませてしまうと思った。

「い、いえ……決してそんなことは……」

困惑しながら大樹がつぶやくと、彼女は視線をそらしてふっと笑う。ひどく淋しげな笑みだった。

「大樹さんはやさしいですね。わたしなんて、おばさんでしょう」

「そ、そんなこと……」

「いいんです。無理をしないでください」

早織があきらめたような声でつぶやいた。

その間も、大樹の手は彼女の乳房に触れたままだ。ブラウスとブラジャーのカップが邪魔をして、乳房の柔らかさは伝わってこない。だが、心臓の拍動はしっかり感じ取れた。

（こんなにドキドキして……）

緊張しているのは自分だけではない。きっと早織は勇気を出して、大樹を誘ったのだろう。

（たぶん、俺と浮気をすることで……）

夫の浮気を帳消しにするつもりなのではないか。夫の不貞を知っても、まだ心は離れていないのだろう。

彼女の言動から察するに、そんな気がしてならない。夫を許したいと思っているが、浮気をされた傷は簡単には癒せない。心のバランスを保つためには、自分も同じことをするしかないのだろう。

「おかしなことを言って、ごめんなさい」

早織は淋しげにつぶやくと、自分の乳房から大樹の手を引き剝がした。

「忘れてください……」

そう言って早織は顔を伏せる。

そんな彼女を放っておくことはできない。大樹は迷ったすえ、今度は自分の意思で彼女の乳房に手のひらを押し当てた。

「あっ……」

早織が小さな声をあげる。そして、驚いた様子で大樹の顔を見つめてきた。

「お、俺でよかったら……ぜ、ぜひ、お願いします」

緊張のあまり声が震えてしまう。ただ同情しているだけではない。先ほど彼女に誘われたことで、欲望が燃えあがっていた。

「お気持ちはうれしいけど、無理をしなくても……」

「無理なんてしてません」

大樹は彼女の手を取ると、自分の股間に引き寄せる。そして、スウェットパンツの上からペニスに触れさせた。

「す、すごい……」

思わずといった感じでつぶやき、自分の言葉に赤面する。そんな早織の反応に気をよくして、ペニスはますます硬くなった。

「どうして、こんなに？」

早織はまだ股間に手のひらを重ねている。勃起した肉棒に触れて興奮したのか、やさしく円を描くように撫でていた。

「さ、沢木さんが……早織さんが、誘ってくれたから……」

「あアンっ、すごく硬いです」

早織は顔を赤くしながら、布地ごしにペニスを握ってくる。そして、ゆるゆるとしごきはじめた。

「ううっ……」

快感がひろがり、思わず呻き声が溢れ出す。ペニスの先端からは我慢汁が噴き出し、早くもボクサーブリーフの裏地を濡らしていた。

「さ、早織さん、あ、あの……」

「どうしたんですか？」

「じ、じつは、経験が……」

ないと言おうとして躊躇する。

ふいに初体験の記憶がよみがえった。ただの夢だと思っていたが、やはりあれは本当の体験だったのではないか。

（俺、はじめては美波と……）

頭のなかで映像を早送りするように記憶が再生される。

互いに経験がなく、ぎこちないセックスだった。なんとか挿入して、最後は彼女のなかで欲望を解き放った。あっという間に達してしまったが、今となってはそれすらも甘酸っぱい思い出だ。

(美波も、覚えてるのかな？)

大樹だけの記憶なら、やはり夢か妄想ということになる。だが、美波も覚えているのなら、やはり実際に体験したことなのだろう。

(そういえば……)

同郷の琴音がこの部屋に来たこともあった。

初体験のつもりでいたが、美波とのセックスが一度目なら、琴音とは二度目ということになる。

しかし、いずれも土曜日の朝に戻って体験している。記憶にはあるが時間は進んでいないので、どちらも初体験と言えなくもない。土曜日をくり返すことで、わけがわからなくなってきた。

「もしかして、はじめてなんですか？」

早織がスウェットパンツごしにペニスを握ったまま、やさしく尋ねてくる。

「え、えっと……」

大樹はまたしても躊躇してしまう。

今日も土曜日の朝に戻ったことを考えると、童貞と言ってもいいのかもしれない。しかし、二度の体験はしっかり記憶に残っていた。

「あ、あの……」

「こんなこと聞かれても答えにくいですよね。ヘンなことを聞いて、ごめんなさい。わたしが、はじめてでも大丈夫ですか？」

大樹が言いよどむと、早織は童貞だと判断したらしい。なぜかうれしそうにつぶやき、スウェットパンツの上からペニスをキュッと握りしめた。

「うっ……も、もちろんです」

快楽の期待をふくらませながら即座に答える。

彼女が童貞だと思いこみ、なおかつ喜んでいるのなら、わざわざ訂正する必要はないだろう。そもそも、説明しても信じてもらえるはずがない。経験も二度だけなので、ほとんど童貞のようなものだった。

「じゃあ、わたしが大樹さんのはじめての女になるんですね」

早織はそう言いながら、スウェットパンツのウエスト部分に指をかける。そして、躊躇することなくおろしはじめた。

琴音にもこうやって脱がしてもらったことがある。無意識のうちに尻を浮かせると、早織は楽しげに目を細めた。

「脱がされるの、慣れてるみたいですね」

「そ、そんなことは……あっ」

スウェットパンツがおろされて、グレーのボクサーブリーフが露になる。大きくテントを張っており、しかも、ふくらみの頂点には我慢汁の黒い染みがひろがっていた。

「もう一度、お尻を浮かせてくださいね」

すぐにボクサーブリーフもおろされる。屹立した男根がブルンッと跳ねあがり、我慢汁が飛び散った。

「あンっ……大きいですね」

早織が驚きの声をあげる。そして、雄々しくそそり勃つ肉棒をまじまじと見つめた。

「そ、そんなに見られたら……」

羞恥がこみあげて、大樹は顔が赤くなるのを自覚する。しかし、人妻の視線を受けたことで、ペニスはますます硬くなった。

「また大きくなったみたい。本当にすごいです」

早織はそう言いながら、大樹の服をすべて脱がして裸に剝いた。

肩をそっと押されて、ベッドの上で仰向けになる。期待がふくれあがり、勃起したペニスの先端から新たな我慢汁が染み出した。

「わたしも……脱いでいいですか？」

早織が恥ずかしげにつぶやき、ブラウスとフレアスカートを取り去った。

これで彼女が身に着けているのは、ベージュのブラジャーとパンティだけになる。生活感あふれる下着が妙に生々しく映る。いかにも人妻らしくて、背徳感がこみあげた。

「ちょっと、太っちゃったから……」

早織はそう言って頰を赤らめる。

確かに肉づきがよくて全体的にむっちりしており、それが艶めかしさを生んでいた。むせ返るような色香は、美波や琴音にはないものだ。内股になってもじもじしている姿が、たまらなく色っぽかった。

「き、きれいです」

大樹は女体を凝視してつぶやいた。

仰向けになったまま、首を持ちあげた状態だ。ブラジャーのカップから溢れそうな乳房や、パンティが食いこんでいる股間が気になって仕方がない。人妻のむちむちの身体に惹きつけられていた。

「もう……」

熱い視線を感じて、早織が恥ずかしげな声を漏らす。

それでも、両手を背中にまわして、ブラジャーのホックをはずした。とたんに豊満な乳房がまろび出る。下膨れした双乳の頂点を彩っているのは濃い紅色の乳首だ。乳輪が少し大きめなのが卑猥で、牡の欲望が刺激される。

美波や琴音の乳房とは迫力が違う。サイズだけではなく、波打つ柔肌から漂ってくる色香に圧倒される。

(す、すごい……)

大樹は思わず胸のうちでつぶやいた。

期待とともにペニスがさらにふくれあがる。見ているだけでも我慢汁がとまらなくなり、すでに亀頭はぐっしょり濡れていた。

「また大きくなりましたね」

早織はペニスをチラリと見やり、うれしそうに目を細める。そして、最後の一枚に指をかけた。

前かがみになりながら、パンティをじりじりおろしていく。ウエスト部分がゆっくりさがり、やがて恥丘にそよぐ漆黒の秘毛がふわっと溢れ出す。普段から手入れをしているらしく、逆三角形に整えられていた。

片足ずつ持ちあげて、パンティをつま先から抜き取った。これで早織が身に着けている物はなにもない。むちむちの女体がすべて露になり、恥じらうように腰をくねらせた。

「誤解しないでください。夫以外の前でこんなことをするの、本当にはじめてなんです」

早織が語りかけてくる。羞恥に身を焼かれて、整った美貌がまっ赤に染まっていた。

「は、はい……」

大樹はうなずきながらも女体を見つめつづける。

肉感的な人妻の身体が、牡の欲望を刺激してやまない。早く触れてみたくてたまらなかった。

5

早織はベッドにあがると、大樹の脚の間に入りこんで正座をする。そして、上半身を倒して、顔をペニスに近づけた。

「すごく濡れてますよ」

「うっ……」

熱い吐息が亀頭にかかり、大樹は思わず呻き声を漏らす。己の股間に視線を向けると、彼女の唇が今にも亀頭に触れそうになっていた。

(もしかして……)

期待せずにはいられない。

まだフェラチオは未経験だ。ペニスを舐めてもらえるかもしれないと思っただけで、我慢汁が次から次へと溢れ出した。

「わたしを見て、興奮してくれたんですか?」

「そ、そうです……」

大樹がうわずった声でつぶやくと、早織は口もとに微笑を浮かべる。そして、そそり勃ったペニスの両脇に手を置いた。

「絶対、秘密にしてくださいね」

ささやくような声だった。

夫に対する意趣返しでありながら、知られたくないと思っている。自分の心を納得させることができれば、それでいいのだろう。

「ンっ……」

早織は唇をさらに寄せると、亀頭の先端にそっと口づけした。

「ううっ」

たまらず呻き声が溢れ出す。

軽く触れただけで、快感が走り抜けた。人妻の柔らかい唇が、張りつめた亀頭に触れているのだ。しかも、我慢汁が付着するのも構わず、唇をぴったり押しつけている。それを見ているだけでも興奮が倍増した。

「さ、早織さん……」

快感と困惑で声が震えてしまう。すると、早織は亀頭に唇を押し当てた状態で視線を向けた。

「口でされたこと、ないんですか？」

「じゃあ、これがはじめてですね」

そう言うなり、唇をゆっくり開いていく。亀頭の表面を撫でるように滑らせると、ついにぱっくり咥えこんだ。

「ううっ」

鋭く張り出したカリに、柔らかい唇が覆いかぶさる。やさしく締めつけられると、腰にブルルッと快感の震えが走り抜けた。

(す、すごい……フェ、フェラチオされてるんだ)

心のなかで「フェラチオ」とつぶやくことで、ますます興奮が高まった。

なにしろ、口で愛撫されるのはこれがはじめてだ。いつか経験したいと思っていたことが、今まさに現実となっている。なぜか出会ったばかりの人妻が、亀頭を口に含んでいるのだ。

熱い吐息が吹きかかるのも気持ちいい。我慢汁がどんどん溢れて、腰の震えが大きくなる。すると、彼女の柔らかい舌が、張りつめた亀頭をヌルリッと舐めまわした。

「くううッ！」

快感の呻き声が溢れて、条件反射で股間が跳ねあがる。その結果、ペニスを彼女の口内に突き入れてしまった。

「はむうぅッ」

早織は驚きの声をあげるが、それでもペニスを吐き出したりはしない。唇を竿に密着させて、唾液と我慢汁を塗り伸ばしていた。

(こ、これがフェラなんだ……おおおッ)

腹のなかで唸り、未知の快楽に溺れていく。

はじめてペニスをしゃぶられる感覚は強烈だ。唇と舌が這いまわるたび、肉棒が蕩けるような愉悦が湧きあがる。とてもではないがじっとしていられず、大樹は仰向けの状態で腰を右に左にくねらせた。

そんな大樹の反応を目にして、早織は首をゆったり振りはじめる。

勃起したペニスを根元まで呑みこみ、再びスローペースで吐き出していく。ヌルリッ、ヌルリッと滑る感触がたまらない。大樹は尻をシーツから浮かせた状態で固まり、両手でシーツを握りしめた。

「あふっ……むふっ……はむンっ」

早織は色っぽく鼻を鳴らしながら首を振る。唇が一往復するたび、新たな我慢汁が溢れ出した。

「き、気持ち――ううッ」

射精欲が急速にふくらみ、もうまともに話す余裕もない。はじめてフェラチオされる大樹には刺激が強すぎる。人妻のねちっこい口唇奉仕で、早くも限界が迫っていた。

「も、もうっ……ううッ、ううッ」

「ンっ……ンっ……ンっ……」

首を振るスピードがアップする。クチュッ、ニチュッという湿った音も響きわたり、淫靡な空気が濃くなった。

「そ、そんなにされたら、出ちゃいますっ」

このままだと口のなかで暴発してしまう。懸命に訴えるが、早織はやめるどころかペニスを根元まで呑みこんだ。なにをするのかと思えば、頬がぼっこり窪むほど吸いあげた。

「あむうううッ」

「き、気持ちいいっ、で、出るっ、くおおおおおおおッ！」

ついに全身を震わせながら、人妻の口のなかで精液を噴きあげる。柔らかい唇で締めつけられての射精は、かつて経験したことのない快楽だ。しかも、同時に吸茎されることで、精液がありえない速度で噴き出した。

「い、いいっ、おおおおおおッ！」

たまらず両手で彼女の頭を抱えこむ。そして、ペニスの脈動が収まるまで、ドクドクと放出しつづけた。

「ンンっ……ンむぅっ」

早織は低い声を漏らしながら、精液を次々と嚥下していく。口に注ぎこまれる側から、躊躇することなく飲みくだした。

人妻に精液を飲まれて、強烈な快感が全身を包んでいる。ペニスは萎えかけているが、早織はまだ口に含んだままだ。尿道に残っている精液まで吸いあげられて、またしても腰がブルッと震えた。

（ああっ……最高だ）

欲望を解き放ち、大樹の頭のなかはまっ白になっている。

全身から力が抜けて、四肢をシーツの上に投げ出した。絶頂の余韻を楽しみながら、ハアハアと荒い呼吸をくり返す。フェラチオで射精した満足感のなか、焦点の合わない目を天井に向けていた。

「大樹さん……」

早織が添い寝の体勢になり、潤んだ瞳で顔をのぞきこんでくる。

「わたしの口、どうでしたか？」

「す、すごく、よかったです」

大樹が素直に感想を伝えると、彼女は幸せそうな笑みを浮かべた。

そして、半萎えのペニスに指を巻きつける。絶頂直後で敏感になっているところを、ゆるゆるとしごきはじめた。

「うッ……ちょ、ちょっと……」

「どうしたんですか？」

「い、今は……む、無理です……」

腰をよじりながら訴える。ところが、早織は手をペニスから離すことなく、甘い刺激を送ってきた。

「無理じゃないですよ。ほら、もうこんなに硬くなってきました」

早織のしごき方は絶妙で、ペニスは瞬く間に硬さを取り戻す。そして、先端からは透明な汁が滾々《こんこん》と湧き出した。

「ど、どうして、こんなに……」

自分でも驚くほどの回復だ。人妻の色香で、興奮状態が持続しているのかもしれない。とにかく、ペニスは芯を通してそり勃った。

「若いって、すごいですね」

早織はうれしそうにつぶやくと、隣で四つん這いになる。そして、濡れた瞳を大樹に向けた。

「うしろから、お願いできますか」

自ら尻を高くかかげて、頬を赤く染めあげる。恥じらいながらも、バックでの挿入を求めていた。

「や、やったことないから……」

大胆な要求にとまどってしまう。まだバックは経験がない。上手くできるか自信がなくて、大樹は小声でつぶやいた。

「はじめてですものね。でも、大丈夫、わたしが教えてあげます」

早織はあくまでもバックでの挿入を望んでいる。四つん這いのまま、大樹の目を見つめていた。

「わたしのうしろに来てください」

「こ、これでいいですか？」

インターネットやAVで見たことがあるので、体勢はわかっている。彼女の背後で膝立ちになると、むっちりした尻たぶに手を這わせた。

（や、柔らかい……柔らかいぞ）

まるで搗きたての餅のような感触だ。

尻を撫でまわしては、指を沈みこませて揉みまくる。柔らかさと弾力を堪能すると、臀裂を左右に割り開いた。

「おおっ……」

赤々とした陰唇が露になり、思わず目が釘付けになる。

愛蜜でぐっしょり濡れた二枚の花弁は、少しだけ伸びていた。人妻だけあって、それなりに経験があるのだろう。美波はヴァージンだったので当然だが、琴音もきれいな形をしていた。ふたりとは異なり、女陰が物欲しげに蠢いているのも淫らだった。

「そんなに、ひろげないでください……」

早織が抗議するようにつぶやいた。

「は、はじめて見るので、つい……すみません」

はっとして、とっさに口走った。

胸の奥で罪悪感がチクリと刺激されるが、完全に嘘というわけでもない。土曜日の朝を迎えるたび、すべてはリセットされているのだ。そう考えると、大樹はやはり童貞ということになる。

「恥ずかしいわ……早く挿れて」

早織が股の間から右手を伸ばす。そして、太幹をつかむと、亀頭を膣口へと導いた。

「うっ……」

思わず小さな声が漏れてしまう。

亀頭が女陰の狭間に沈みこんでいる。まだほんの数ミリだが、熱い蜜液が溢れてペニスの先端にからみついていた。

(早織さんのアソコがまる見えだ……)

むっちりした尻たぶの谷間に、恥裂がはっきり見えている。その狭間に亀頭が押し当てられているのだ。すべてが露になった状態での挿入で、異常なまでに気持ちが昂っていた。

「そ、そのまま……ゆっくり入ってきてください」

早織が濡れた瞳で振り返り、うわずった声で語りかけてくる。

大樹は両手で彼女の腰をつかむと、股間をゆっくり押しつけた。亀頭が膣のなかを進み、竿の部分も徐々に埋まっていく。そのすべてが見えており、二枚の陰唇を巻きこむ様子を凝視した。

(す、すごい……なんて、いやらしいんだ)

いつしか鼻息が荒くなっていた。

バックでの挿入は、結合部分がよく見える。そのため、ペニスに直接受ける快感だけではなく、視覚からも興奮が押し寄せた。

「そ、その調子です。慌てないで……」

早織が喘ぎまじりに声をかけてくれる。突き出した尻がときどき震えて、そのたびに膣が太幹を締めつけた。

「うッ……ううッ」

快感に耐えながら、男根を少しずつ押し進める。カリと膣壁が擦れて、快感が次から次へと押し寄せた。

「あううッ、お、大きいっ、あああッ」

早織の声がひときわ大きくなる。

ペニスが根元まで完全にはまったのだ。先端が膣の奥まで到達して、大樹の股間と早織の尻たぶが密着した。

（は、入った……全部、入ったぞ）

はじめてのバックで挿入することに成功した。

這いつくばった女性を見おろす格好になり、これまで経験したことのない激しい感情がこみあげる。彼女のすべてを支配したような感覚に囚われて、膣のなかでペニスがさらにひとまわり大きく膨脹した。

「ああッ、なかでビクンッって……大樹さんの、すごく大きいです」

早織が昂った声を漏らす。

鋭く張り出したカリが、膣壁にめりこんでいるのがわかる。女壺全体が反応して、ウネウネと蠢くのがたまらない。大樹の興奮もますます高まり、亀頭の先端から我慢汁が溢れ出した。

「う、動いてもいいですか」

大樹が震える声で尋ねると、答えを待たずに腰を振りはじめる。

とてもではないが、じっとしていられない。欲望の炎が燃えあがり、彼女の腰をつかんでペニスを抜き差しする。牡の本能なのか、はじめてのバックにもかかわらず、ごく自然に腰を振っていた。

「あッ……あッ……い、いきなり、ああッ」

早織が困惑の声を漏らして振り返る。見つめてくる瞳は潤んでおり、彼女の興奮がはっきり伝わってきた。

（そ、そういうことなら……）

遠慮することはないだろう。大樹は欲望にまかせて腰を振る。ペニスを力強く出し入れして、カリで膣壁を擦りあげた。

「はああッ、す、すごいっ、大樹さんっ、すごいですっ」

早織の喘ぎ声がどんどん高まっていく。

彼女が敏感に反応してくれるから、大樹のピストンはますます熱が入る。勢いよく突きこんで、腰を容赦なく尻たぶにぶつければ、パンッ、パンッという乾いた打擲《ちょうちゃく》音が響きわたった。

「ああッ、は、激しいですっ、あああッ」

「き、気持ちいいっ、おおおッ」

「ああッ、ああッ、こ、こんなのって……はあああッ」

早織が首を左右に振り、両手でシーツを握りしめる。あられもない声で喘ぎ、自ら尻を突き出した。

「す、すごいですっ、あああッ、本当にはじめてですか?」

早織はもはや手放しで感じている。

彼女が困惑するのも無理はない。大樹は童貞だが、童貞ではない。少なくとも二度のセックスの記憶は脳裏にしっかり刻まれている。女体がもたらす快感を体験しているので、多少は耐えることができるのだ。

とはいえ、人妻の熟れた蜜壺の感触は格別だ。トロトロに蕩けているのに締めつけは強烈で、大樹の性感も追いこまれてしまう。愛蜜まみれの膣襞で揉みくちゃにされて、ペニスが溶けそうな快楽がひろがっていた。

「ううッ、お、俺、もうっ……」

「ああッ、だ、大樹さんっ、わたしも……」

早織も切羽つまった声を漏らすと、四つん這いの女体を震わせる。それにともない膣が締まり、鮮烈な快感が突き抜けた。

「くうッ、も、もうダメだっ」

勢いよく腰を打ちつけて、ペニスを根元まで挿入する。それと同時にふくれあがる快感に身をまかせた。

「おおおッ、で、出るっ、ぬおおおおおおおッ!」

人妻の膣襞に包まれて、思いきり精液を噴きあげる。フェラチオで射精したにもかかわらず、驚くほど大量の白濁液が溢れ出す。凄まじい快感が四肢の先までひろがり、頭のなかがまっ赤に燃えあがった。

「はああッ、イ、イクッ、イキますッ、あぁあああああああッ！」

早織も汗ばんだ背中を仰け反らせて、艶めかしいアクメの嬌声を響かせる。女体に痙攣が走り、膣がこれでもかと収縮した。その結果、カリがさらに深く膣壁にめりこんだ。

「あううッ、い、いいっ、ああああッ！」

早織は連続して絶頂に達しているらしい。大樹もペニスを締めつけられて、精液を延々と放出した。

（き、気持ちいい……チ×ポが蕩けそうだ）

人妻の熟れた尻を抱えこみ、女壺でペニスを揉みくちゃにされる快楽に酔いしれる。大樹は睾丸のなかが空になるまで、精液を女壺に注ぎこんだ。

官能の炎に身も心も焼きつくされた。

そのまま折り重なるようにして倒れこむ。ペニスはまだ彼女のなかに深く埋まっている。ふたりは汗ばんだ裸体を密着させて、めくるめく絶頂の余韻を楽しんだ。

6

スマホの着信音で目が覚めた。

大樹は寝ぼけ眼を擦りながら周囲に視線をめぐらせる。自室のベッドに間違いない。隣には早織の姿があった。

どうやら、絶頂に達したあと、そのまま眠ってしまったらしい。ふたりとも裸で、ひとつの毛布にくるまっていた。

カーテンごしに射しこむ日の光は弱くなっている。時間を確認すると、すでに午後四時をすぎていた。なにしろ、激しい絶頂だったので、ふたりとも疲れきって深い眠りに落ちてしまったのだろう。

「あっ……大樹さん」

早織も目を覚ますと、恥ずかしげにつぶやいた。

激しい絶頂に達したことを思い出したらしい。頬を赤らめて、視線をすっとそらした。

まだスマホの着信音は響いている。

早織は床に落ちているカーディガンに手を伸ばすと、ポケットからスマホを取り出した。

「夫からだわ……」

表示されている名前を確認して、早織がとまどいの声を漏らす。

夫に浮気された挙げ句、DVを受けて逃げ出した。そして、当てつけに出会ったばかりの大樹とセックスをしたのだ。今は夫と話をする気分ではないのかもしれない。

「出たほうがいいんじゃないですか」

大樹は小声でつぶやいた。

ここで話をしておかないと、どんどん距離が開いてしまうのではないか。それが心配だった。

子供のころ、美波と喧嘩をしたときのことを思い出す。

謝ればすぐ仲直りできるのに、どちらかが意地を張っていると思いのほか長引いてしまう。もちろん、夫婦の問題はもっと複雑だと思う。それでも、無視をするのはよくないと思った。

「もしもし……」

早織は意を決したように、スマホの着信ボタンをタップした。

「俺だよ」

相手の声が微かに漏れ聞こえる。

大樹は聞いてはいけないと思いつつ、つい聞き耳を立てていた。

「俺が悪かった。頼む、帰ってきてくれ」

懸命に謝っている様子が伝わってくる。

だが、早織がどう思っているのかはわからない。むっつり黙りこみ、真剣な表情で夫の声を聞いていた。

「俺にはおまえしかいないんだ。悪かった、謝るから……早織……」

今にも泣き出しそうな声だ。あのクールそうな夫が、こんな声で謝罪するとは意外だった。

「電話……ありがとう」

ようやく、早織が口を開いた。

「今から帰りますね」

思いのほか柔らかい口調だった。

どうやら、夫の気持ちを受けとめるつもりらしい。反省しているようなので、許す気になったのだろう。

電話を切ると、早織は大樹に視線を向けた。

「大樹さんのおかげです。ありがとうございます」

ささやくような声で言うと、大樹の額にチュッと口づけをする。そして、頬を染めて照れ笑いを浮かべた。

「お、俺は、なにも……」

「ううん。大樹さんと、こういうことをしてなかったら、きっと夫のことを許せなかったです」

大樹と身体の関係を持ったことで、彼女の心のバランスは保たれたらしい。とにかく、互いに仲直りをする気になったのならよかったと思う。早織はそそくさと服を身に着けて、帰り支度をはじめた。

ふと気になった。

(あっ、外に出ても大丈夫なのか？)

白いセダンが突っこんでくるかもしれない。あれほどスピードを出しているのだから、撥ねられる危険は大樹だけではないだろう。早織が外に出たとたん、あの車が暴走してくる可能性もある。

（いや、でも、この時間なら……）

これまで大樹が撥ねられたのは、いずれも午前中だった。午後四時なら状況が変わっているかもしれない。あの白いセダンも、この近所をぐるぐる走っているわけではないだろう。

とはいえ、早織をひとりで帰すわけにはいかない。実際に大樹は何度も撥ねられているのだ。説明してもわかってもらえるはずがないので、送っていくしかない。

「途中まで送ります。なにかあったら危ないので」

大樹は慌てて起きると、ボクサーブリーフを穿いてスウェットの上下を身に着けた。

「すぐ近くですから、大丈夫です」

早織はやんわり断るが、ここは絶対に引くわけにはいかない。

「このへん、車がけっこう飛ばしてるんです。もし、なにかあったら後悔するから送らせてください。家までは行きませんから」

大樹は必死に訴えた。

早織は夫と仲直りできたのだ。交通事故に遭わせるわけにはいかない。もちろん、大樹自身も細心の注意を払うつもりだ。

「心配性なんですね。では、お願いできますか」

なにも知らない早織は、微笑を浮かべてうなずいてくれた。

「では、行きましょう。俺が前を歩きますから、道を教えてください」

「わかりました。お願いします」

大樹と早織は外に出ると、歩道を慎重に進んでいく。

西の空がオレンジ色に染まっている。車はほとんど走っておらず、とくに怪しい気配もない。これまでとは時間帯がまったく違うので、さすがに大丈夫かもしれない。

そのとき、前方の路地から白いセダンが曲がってくるのが見えた。

(まさか……)

いやな予感がこみあげる。

次の瞬間、セダンが急加速して、こちらに向かってきた。しかし、大樹は心の準備ができていたので慌てることはない。早織の手をつかむと、すばやく近くの駐車場に逃げこんだ。

ところが、セダンは急ブレーキをかけたことでタイヤが滑り、大樹と早織がいる駐車場に突っこんできた。

(ど、どうして……)

逃げる余裕はなかった。

あっという間に撥ねられて、体が宙を舞っていた。油断したわけではない。細心の注意を払っていたのに。

(クソッ、どうなってるんだ?)

真っ逆さまに落ちていく。

驚いた顔の早織がチラリと見えた。どうやら、彼女は無事だったらしい。それがせめてもの救いだった。

「だいちゃんっ、ダメぇっ!」

地面にたたきつけられる寸前、美波の叫ぶ声が聞こえた。

もしかしたら、どこかで待機していたのかもしれない。美波はこの不思議な現象に気づいているようだ。だから、大樹を助けようとして見張っていたのではないか。

しかし、結局、大樹は撥ねられてしまった。

時間帯は違うし、撥ねられた場所もアパートから少し離れている。だが、結果は同じだ。

(どうすれば、とめられるんだ)

そう思った直後、全身に激しい衝撃を受けて、視界がまっ暗になった。

# 第四章　ベッドに縛りつけられて

## 1

（やっぱり……）

枕もとのスマホで確認すると、やはり土曜日だった。

結局、白いセダンに撥ねられて、命を落としてしまったらしい。その結果、また土曜日の朝に戻っていた。

死ぬたびに同じ日をくり返すようだ。

どうして、そんなことになったのだろうか。なんとかして、このループを抜け出す方法はないのだろうか。

毎回、白いセダンに撥ねられて命を落としている。とにかく、外に出ないようにするしかない。しかし、何度くり返しても、外出するような展開になってしまうのだ。

今日は美波からメールが来ない。

それでも、もう少ししたら美波が来るような気がする。大樹は起きると、散らかっている部屋をかたづけて、卓袱台の上のゴミも捨てておく。さらには暖房をつけて、冷えきっている部屋を暖めた。

しばらくすると呼び鈴が鳴った。

大樹は玄関に向かうと解錠してドアを開ける。やはり、そこに立っているのは美波だった。

「どうぞ……」

声をかけると、美波は軽く会釈をして部屋にあがる。そして、ダッフルコートを脱いで、当たり前のようにベッドに腰かけた。

「どうして、今日はメールを送ってこなかったの？」

卓袱台を挟んで床に座ると、大樹はさっそく疑問をぶつける。

「ここの住所、もう知ってるから、聞く必要ないでしょ」

美波が淡々とした口調でつぶやいた。

「だいちゃんだって、わたしが急に来ても驚かないってことは、なんとなくわかってるんでしょう?」

もう隠す気はないのだろうか。美波は開き直ったように語りかけてくる。

だが、大樹はなにが起きているのか、今ひとつ理解できていない。あまりにも非現実的で、自分の体験したことなのに信じられなかった。

「俺がわかってるのは、死んで、また同じ日をくり返すってことだけだよ」

大樹は美波の目を見つめてつぶやいた。

「美波は、なにを知ってるの?」

おそらく、美波はすべてを理解している。

今にして思えば、早い段階から車に撥ねられる事故を回避しようとしていたのだ。そのことひとつを取っても、美波がこの不可思議な現象を把握していたのは間違いない。

「わたしは……」

美波はなにかを言いかけて黙りこむ。唇を真一文字に結び、顔をうつむかせてしまった。

この期《ご》に及んで、なにを躊躇しているのだろうか。いずれにせよ、大樹が死ぬ流れなのはわかっている。それが回避できることなのか、それとも、どうにもならない運命なのか知りたかった。

「教えてくれよ」

声をかけるが、美波はうつむいたまま口を開かない。ここまで来て、どうして教えてくれないのだろうか。

「俺だけじゃなくて、関係ない人まで巻きこむところだったんだぞ」

ついつい口調が強くなる。

下手をすれば、早織もいっしょに撥ねられていた。自分だけならまだしも、ほかの人を巻きこみたくない。大樹は苛立ちを隠せず、思わず卓袱台に身を乗り出した。

「美波、なにか知ってるんだろ。俺のことを、ずっと助けようとしてくれてたんだろ。それなら、なにが起きてるのか教えてくれよ。俺、もう五回も撥ねられてるんだぞ」

一気にまくし立てると、美波がようやく顔をあげる。まっすぐ見つめてくる瞳は、今にも涙がこぼれそうなほど潤んでいた。

「五回どころじゃないよ」

「えっ……」

「だいちゃんが車に撥ねられたの、そんなもんじゃないよ。わたし、それをずっと見てきたんだからね」

苦しげにつぶやくと、ついに美波の瞳から涙が溢れ出す。

だが、嗚咽を漏らすことはない。美波はぐっとこらえると、頬を伝い落ちる涙を指先で拭った。

「わたしの実家が神社なのは知ってるよね」

意を決したように美波が語りはじめる。

大樹は幼なじみなので、大抵のことは知っている。

美波の実家は、故郷の村で唯一の神社だ。あらゆる厄災から人々を守ると言われており、過去に大規模な水害や地震があったときも、故郷の村だけは神社のおかげで無事だったという。

「うちは女しか生まれないのも知ってるでしょ」

それも聞いたことがある。

天海家は女系家族で、なぜか女性しか生まれないという。そのため宮司は代々女性が務めており、現在は美波の母親で、その前は祖母だった。昔のことは知らないが、おそらく長女が務めてきたのではないか。

父親は婿養子で、神社とは関係のない一般企業で働いている。虫も殺せないようなタイプで、穏やかでやさしい人という印象だ。母親が厳しいせいか、少々頼りない感じがしていた。

「いずれは、わたしが神社を継ぐことになるのかなって、思っていたの……」

なにやら含みのある言い方が気になった。

美波はひとり娘なので、大樹も彼女が宮司になると思っていた。だが、どうやら違ったらしい。

「じつはね……二十歳になったとき、お母さんに聞かされたの」

いよいよ本題に入るようだ。美波は声のトーンを落として語りはじめた。

「天海家の女には、代々、人を守る能力が備わってるの」

「えっ、どういうこと？」

つい聞き返してしまう。

「わたしも最初は信じられなかったんだけど……っていうか、今でも完全に信じたわけじゃないけど、信じたいっていうか……」

なにを言いたいのかよくわからない。

大樹が首をかしげると、美波はいったん目を閉じる。そして、頭のなかを整理したのか、しばらくして再び口を開いた。

「誰でも守れるわけではないの。この人って決めたひとりの男性だけを守ることができるんだって。お母さんの場合は、それがお父さんだったの」

「守るって、どういうこと。お父さんが危険な目に遭ったの？」

「そうみたい。詳しいことは知らないけど」

まったく意味がわからない。

そもそも、美波の両親の話と、大樹が死ぬと同じ日をくり返す現象が、どうつながっているのだろうか。

「うちの神社が、昔、村を守ったっていう話があるでしょ。あれって本当のことらしいの。うちの家系に備わっている人を守る能力は、宮司になると強くなるみたい。それで、村の人たち全員を救えるんだって」

「ちょ、ちょっと待って」

大樹は思わず彼女の言葉を遮った。

「全然、わからないんだけど……」

「ごめん、わたしも上手く説明できなくて……」

美波はもう一度、黙りこむと頭のなかを整理する。そして、あらたまった様子で語りはじめた。

「天海家に生まれたからといって、誰でも宮司になれるわけではないの。試練を乗りこえた者だけが、宮司を継げるんだって」

「じゃあ、お母さんも試練を乗りこえたってこと？」

大樹の問いかけに、美波はこっくりうなずいた。

「その試練っていうのが、この人って決めたひとりの男性を守ることなの」

「人を守る能力が本当にあるなら、そんなの簡単じゃないか」

「守る能力は備わっているはずなんだけど、使い方は教えてもらえないの。自分で見つけ出して、大切な人を守らないといけないのよ」

美波が懸命に語りかけてくる。いつしか瞳には涙が滲んでいた。

大樹にも少しずつわかってきた。天海家の女性に代々備わっている能力を駆使して、この人と決めた男性を守る。それが将来、宮司を継ぐための試練となっているのだろう。

「宮司を継ぎたくない場合はどうなるの？」

「継がないこともできるけど、そうなると……」

美波が言いよどむ。なんとなく、その先がわかる気がした。

「決めた人を守れなくなっちゃうの……」

声がどんどん小さくなっていく。最後のほうは、ほとんど聞き取れなくなっていた。

守れなくなるとは、死ぬということではないか。確信に近い思いがこみあげるが、恐ろしくて確認できなかった。

「それで、美波が決めた人って?」

いちばん気になっていることを尋ねる。美波は顔をあげると、濡れた瞳で見つめてきた。

「だいちゃんだよ」

意外ではなかった。そう言われた瞬間、胸が熱くなった。

「そんなの、だいちゃんに決まってるじゃん」

美波は涙を流しながら、もう一度、名前を呼んでくれた。抱きしめたい衝動がこみあげるが、今はそんなことをしている場合ではない。

「だから、なんとかして助けようとしてるのに……」

美波の言葉で、ようやくわかってきた。

やはり、美波はすべてを知っていて、事故を回避しようとしていたのだ。それが、まさか実家の神社にかかわっていたとは意外だった。

「大丈夫だよ。今のところ、死んでも同じ日をくり返すだけみたいだからさ」

なんとか美波を元気づけたくて語りかける。ところが、その言葉がきっかけとなり、美波の瞳からますます大粒の涙が溢れ出した。

「違うの。そうじゃないの」

なにやら切迫したものを感じて、大樹は黙りこんだ。

「だいちゃんは死んでないよ。車がぶつかった瞬間、わたしが必死に祈ると時間が朝まで戻るの」

なぜかはわからない。とにかく、美波が助けたいと祈ることで、時間がその日の朝まで戻るという。おそらく、天海家の女性に代々備わっている人を守る能力の一端なのだろう。

大樹は「死んで同じ日をくり返す」と思いこんでいたが、実際は美波の力によって「死ぬ直前に、時間がその日の朝まで戻っていた」らしい。つまり、これまでずっと美波に助けられていたのだ。

「でも、今のわたしにできるのは、時間を巻き戻すことだけなの。どうやっても、事故を回避できないの」

「そうか……俺は、死んでなかったんだ」

暴走車に何度も跳ね飛ばされて、一度も死んでいないとは意外だった。

「そういえば、さっき五回どころじゃないって言ってたけど、実際は何回くらい撥ねられたの？」

「もう……百回以上は……」

美波は言いにくそうにつぶやいた。

驚きの答えだ。そのたびに美波が必死に祈り、大樹は命を救われてきたことになる。

「朝になると、みんなの記憶は消えちゃうんだよ。わたしは覚えているけど、みんなは、なんにも知らないの……」

孤独でつらい日々だったに違いない。誰にも相談できず、たったひとりで解決法を探っていたのだろう。

「俺、美波がいなかったら、とっくに……」

感謝の気持ちがこみあげる。それと同時に彼女の想いの強さを感じて、またしても胸が熱くなった。

「でも、本当に死んじゃったら、わたしでも助けられないの」

悲痛な声が胸に響く。

だから、美波は大樹が部屋から出ないように、なんとか引きとめようとしていたのだ。そして、ついにはヴァージンを捧げたが、それでもダメだった。結局は外に出て、車に撥ねられてしまうという。

「本当に好きだから……したんだよ」

美波は赤く染まった顔をうつむかせる。

「わかってる。ありがとう」

大樹は立ちあがると、ベッドに座っている美波の隣に移動した。そして、彼女の手をしっかり握りしめた。

「俺も、美波のことが好きだよ」

「だいちゃん……」

まさか、こんな状況で告白することになるとは思わなかった。それでも、気持ちが通じ合うことで少しほっとした。

「土曜日を、もう百回以上もくり返してるんだよね？」

「うん、途中から数えてないからわからないけど、もしかしたら、百五十回くらいかもしれない」

美波はつらそうに顔を歪める。

大樹が何度も撥ねられるシーンを見てきたのだ。決して慣れるものではないだろう。彼女の気持ちを思うと胸が苦しくなった。

「どうして、俺は途中から覚えてるんだ？」

素朴な疑問が湧きあがる。

最初におかしいと思ったのは、はじめてセックスをした日だ。

既視感を覚えて、どこかフワフワしていた。記憶障害を疑ったりしたが、今にして思えば、あの日から前回の記憶が残るようになっていたのだ。そして、ついには土曜日をくり返していることに気がついた。

「少なくとも最近の五回のことは、なんとなくわかるんだ。なんで途中から記憶に残るようになったのかな？」

「それは、たぶん……わたしがキスしたから……」

美波が言いにくそうに打ち明ける。

事故を回避するため、いろいろ試しているなかで、大樹とファーストキスを交わしたという。でも、事故に遭ってしまった。そして、また土曜日の朝を迎えると、大樹の脳裏に記憶の断片が残っていたらしい。

「キスがきっかけってことか……」

大樹はぽつりとつぶいた。

自分が決めた男を守るのが試練だという。それなら、その男とのキスが、なにかの刺激になってもおかしくない。さらにセックスをしたことで、大樹の記憶はより強固なものになっていった。

「俺を助けるために……ありがとう」

「でも、助けられないの……どうやっても事故に遭っちゃうの」

なにしろ、百回以上も土曜日をくり返しているのだ。すべて異なるパターンを試したという。

早朝に遠くまで連れ出したこともあるらしい。ところが、アパートから離れた場所でも車に撥ねられた。それならばと、飛行機に乗ったこともあるが、離陸した直後に墜落した。船に乗ったときは、やはり沈没した。

とにかく、事故に遭って命を落とす運命らしい。

しかし、本当にこれが試練なら大樹を助ける方法があるはずだ。琴音を連れてくることで、なにかが変わるかと思ったがダメだった。早織を部屋に連れてきたが、それも効果はなかった。

あえてふたりきりにしたのも、これまでとは違う状況を作り出すためだ。しかし、どうやっても大樹は外に出て、最終的には事故に遭ってしまう。

「いつも結果は同じなの」

美波はそう言うと、いきなり大樹をベッドに押し倒した。

2

「ど、どうしたの？」

仰向けになった大樹は困惑の声を漏らした。

「ひとつ、試したいことがあるの」

美波が覆いかぶさった状態で顔を寄せてつぶやく。そして、隠し持っていた物を取り出した。

「これ、使っていい？」

目の前に差し出されたのは、銀色に輝く手錠だった。

しかも、ふたつ用意してある。もちろん、本物ではないだろう。SMプレイで使うオモチャかもしれない。

「そんな物、どうするの？」

「これでだいちゃんを動けなくするの。いい案でしょ」

美波はそう言いながら、大樹の左右の手首に手錠をかけて、それぞれベッドの支柱につなげてしまう。これで大樹は両腕を斜め上方に伸ばした状態になり、自力では外に出られなくなった。

「鍵はわたしが持ってるから安心して。日付が変わって日曜日になったら、はずしてあげる」

「お、おい、ずっとこのままかよ」

「トイレに行きたいときは、バケツを持ってきてあげる」

美波はにこりともせずに真顔だった。

どうやら、本気で言っているらしい。百回以上もいろいろ試してきたので、これが最終的な手段なのかもしれない。彼女が重ねてきた苦労を思うと、大樹も拒絶できなかった。

「お腹が空いたら言ってね。なんか作ってあげる」

「いいよ。トイレに行きたくなったらいやだから」

そんな会話をしていると、なにやら外が騒がしくなってきた。

男の怒鳴り声がして、直後に女性の怯えたような声がする。どちらも聞き覚えのある声だ。

「もしかして……」

大樹がつぶやくと、美波も顔をこわばらせる。

おそらく、早織が夫にDVを受けている。いつかの状況と同じだ。ここで大樹が様子を見に行けば、暴走車が突っこんでくるに違いない。だからといって、暴力を振るわれている早織を放っておくわけにもいかなかった。

「警察を呼ぼう。美波、警察に電話してくれ」

「でも……」

美波は大樹を見おろして躊躇する。こうしている間も、男の怒声と早織の悲鳴が聞こえていた。

「もし、警察の人がこの部屋を見たら……」

そう言われて、自分が手錠でつながれていることを思い出す。確かに警察を呼べば、通報者として話を聞きに来る可能性がある。そのとき、部屋をのぞかれたら面倒なことになりそうだ。

「わたしが行ってくるよ」

美波がそう言って立ちあがる。ひとりで行って、早織たち夫婦の仲裁をするつもりらしい。

「ひとりじゃ危ないよ」

大樹は慌てて声をかけるが、美波はダッフルコートを羽織って、玄関に向かっていた。

「大丈夫、これまでの経験でわかってる。車が突っこんでくるのは、だいちゃんがいるときだけだから」

「俺、絶対、外に出ないから、手錠をはずしてくれよ。それから警察を呼べばいいだろ」

身をよじって訴える。手首を拘束している手錠がジャラジャラと不快な音を響かせた。

「だいちゃん、いつもそう言うけど、必ず外に出ちゃうの。覚えてないと思うけど、そんなのが何十回もあったんだよ」

「今回は絶対——」

「だいちゃんが撥ねられるところ、もう見たくないの」

玄関で立ちどまると、美波が悲しげな瞳で振り返る。

「わたしが必ず助ける。だから、そこで待ってて」

決意のこもった声だった。

大樹はなにも言えず見送るしかない。男として情けないが、美波は百回以上も悲しい思いをしてきたのだ。少しでも運命を変える可能性があるのなら、彼女を引きとめることはできなかった。

「どうかしましたか?」

玄関ドアの向こうから、美波の穏やかな声が聞こえた。早織夫婦に話しかけているのだろう。

「いや、別に……」

夫の声だ。むっとしているが、美波に対して暴力を振るう感じはない。

「奥さまですよね。泣いてるじゃないですか」

「ちょっとした夫婦喧嘩ですよ」

「近くに公園がありますから、そこでお話ししませんか」

美波が提案すると、早織夫婦は了承したらしい。足音が聞こえて、徐々に遠ざかっていく。アパートの前から離れていくのがわかった。

(行っちゃったよ)

大樹はベッドに拘束されたまま、ひとり残された。

トイレに行きたくなったら、ひたすら我慢するしかない。頼むから早く戻ってきてくれと心のなかで願う。

ピンポーンッ——。

そのとき、呼び鈴の音が鳴り響いた。

3

「大樹ちゃん、いないの?」

玄関ドアが開いたと思ったら、女性の声が聞こえた。

(えっ、まさか……)

聞き覚えのある声にドキリとする。

大樹はベッドの上から動けない。無言のまま首を持ちあげて、玄関に視線を向けた。

（や、やっぱり……）

そこには、なぜか琴音の姿があった。

同郷で密かに憧れていた近所のお姉さんだ。ふたつ年上で、先日はセックスもしている。とはいえ、土曜日がリセットされているので、すべてはなかったことになっているはずだった。

（どうして、琴音さんが……）

琴音がここに来たのは一度だけだ。あのときは美波が連れてきたのだが、今日はひとりで来たのだろうか。

「あっ、まだ寝てたのね」

琴音が大樹の姿に気づいて声をあげる。しかし、手首にはまっている手錠は見えないらしい。

「久しぶり。あがってもいいかな？」

琴音に前回の記憶はないはずだ。

だから、琴音がこの部屋に来るのは、これがはじめてということになる。それでも、同郷の気軽さがあるのだろう。琴音は楽しげに言うと、パンプスを脱いであがってくる。

「お寝坊さんなのね。今日はいい天気よ。せっかくの土曜日なのに、もったいないわよ」

ベッドから琴音の全身が見えた。

黒地で花柄のフレアスカートに白いブラウス、その上にトレンチコートを着ている。いつか見たときと同じ格好だ。この部屋でセックスした記憶がよみがえり、焦りがどんどん大きくなっていく。

(ま、まずい……まずいぞ)

こんな格好を見られたら、おかしいやつと思われる。

なにしろ、バンザイした状態でベッドに拘束されているのだ。しかも、ひとりきりというのが疑念を呼ぶに違いない。

「こ、琴音さん、今はちょっと——」

やんわり断ろうとするが、その声は届いていなかった。

「大樹ちゃんに会いたくなって、田舎に電話をかけて住所を聞いたの。驚かせたくて急に来ちゃった。びっくりした？」

テンションがあがっており、大樹の言葉を聞こうとしない。すると、琴音のうしろから、もうひとり女性が入ってきた。

「こちらは会社の先輩の北川栞奈《きたがわかんな》さん。すごくお世話になってるの」

琴音は玄関に立ち、あとから入ってくる女性を紹介する。

北川栞奈、同じ会社の先輩OLで、二十八歳の独身だという。黒いタイトなワンピースの上に、黒いライダースの革ジャンを羽織っている。アッシュブラウンの髪はふんわりしており、大きくカールしていた。

鼻すじがすっと通っていて、切れ長の瞳が特徴的だ。美形なだけに気が強そうな感じがした。

「わたしが、同郷のかわいい男の子に会いに行く話をしたら、栞奈さんも会ってみたいって」

琴音が楽しげに話しながら部屋に入ってくる。

「お邪魔します。はじめまして」

栞奈も遠慮することなく近づいてきた。

(さ、最悪だ。どうして知らない人までいるんだよ……)

大樹は泣き出したい気分で、待ちつづけるしかなかった。

ふたりはベッドの前まで来ると、ピタリと立ちどまる。そして、仰向けになっている大樹を無言で見おろした。

重苦しい沈黙が流れる。

大樹の額に汗がじんわり滲んでいた。

しばらくして、琴音と栞奈が同時に顔をあげる。そして、ふたりは無言で視線を交わすと、再び大樹の全身に視線を這わせた。

「大樹ちゃん……なにやってるの？」

沈黙を破ったのは琴音だ。怪訝な顔をして、大樹を見つめている。見ろしてくる瞳には、嫌悪の色すら浮かんでいた。

「あ、あの……こ、これは……」

大樹はしどろもどろになってしまう。

完全に誤解されている。だが、本当のことを言っても信じてもらえるはずがない。どうすればいいのかわからず、結局、黙りこんだ。

「琴音ちゃん、大丈夫？」

栞奈が琴音に語りかける。だが、琴音はショックを受けている様子で、瞳に涙を滲ませていた。

「大丈夫よ。わたしが聞いてあげる」

栞奈はやさしく耳打ちすると、大樹の顔を見おろした。

「大樹くん、その手錠はどういうことかしら。誰かと遊んでいる最中なの？」

見た目通り、気が強いらしい。栞奈は鋭い視線を向けると、ストレートに尋ねてきた。

「ち、違うんです……」

「それなら説明してちょうだい。琴音ちゃんは、キミに会うのをすごく楽しみにしていたのよ。できれば、思い出を作りたいとまで言っていたの。その意味、わかるわよね？」

初対面の栞奈に怒りをぶつけられて、すっかり気圧されてしまう。

（この人、やばいぞ……）

直感でそう思った。

今にも泣き出しそうな琴音の肩を抱き、やさしく撫でながら慰めている。後輩思いのやさしい先輩なのだろう。だからこそ、下手な言いわけは通用しない。適当なことを言えば、ますます怒り出すに決まっている。

「じ、じつは、罰ゲームで……」

大樹は慎重に口を開いた。

「罰ゲーム？」

「は、はい……友達とカラオケで対戦して、点数の低かったほうは罰ゲームとして、手錠で拘束されて放置されるっていう……」

実際のところ友達はほとんどいない。だが、キャンパスライフを謳歌している大学生が、軽いノリでやりそうなことを懸命に考えた。

琴音の気持ちは、前回のことでわかっている。だから、ここで美波の名前は出さないほうがいいと思った。美波は早織夫婦の仲裁をしているので、しばらく時間がかかるだろう。万が一、戻ってきたときは、美波とカラオケで対戦したことにするつもりだ。

「だから、ヘンなことをしてたわけじゃないんです」

大樹はきっぱり言いきった。

半分は嘘だが、半分は本当だ。罰ゲームではないが、ヘンなことをしていたわけではない。

「なんか、怪しいのよね」

栞奈が探るような目で見つめてくる。ベッドに座って腰をひねると、大樹の顔をまじまじとのぞきこんだ。

「キミ、経験はあるの？」

「え、えっと……な、ないです」

迷いながらも、なんとか答える。

記憶にはしっかり残っているが、土曜日の朝の時点では童貞だ。大樹と美波しか知らないのだから、そう答えるのが自然な気がした。

「ふうん、大樹くんって、チェリーなんだ。確かにかわいい顔をしてるわね。琴音ちゃんが好きになるのもわかる気がするわ」

「ちょ、ちょっと、栞奈さん……」

琴音が顔を赤くしている。困った様子で、栞奈の肩に手を置いた。

「ちょうどいいじゃない。このまま、思い出を作っちゃいなさいよ」

「このまま……ですか」

「ええ、そうよ。わたしも手伝ってあげる」

栞奈はそう言うと、立ちあがって服を脱ぎはじめる。

タイトな黒いワンピースの下から現れたのは、黒いレースのランジェリーで彩られた女体だ。

腰は締まっているが、乳房と尻には適度に脂が乗っている。ブラジャーのハーフカップに包まれた乳肉がはみ出しそうで、面積の小さいパンティに包まれた恥丘は見るからに肉厚だ。

（な、なにを……）

大樹は困惑しながらも、琹奈の艶めかしい身体に惹きつけられた。

「ふふっ……わたし、かわいい男の子をいじめるのが好きなの」

ほっそりした指先で、頬をすっと撫であげられる。

それだけでゾクゾクする感覚が走り抜けて、大樹は思わずスウェットパンツの内腿を擦り合わせた。

（ううっ、や、やばい……）

早くもペニスがむずむずしている。

これからなにがはじまるのか考えただけで、妖しい期待がふくれあがってしまう。セックスの快感を知ってしまったため、こんな状況にもかかわらず興奮していた。

「か、琹奈さん……大樹ちゃんになにをするつもりですか」

琴音が不安げに語りかける。

「決まってるでしょう。あなたも早く脱がないと、わたしが大樹くんのチェリーを奪っちゃうわよ」

「そ、そんなのダメです」

栞奈の挑発に乗り、琴音が服を脱ぎはじめる。

ブラウスとフレアスカートを取り去ると、レモンイエローのブラジャーとパンティに包まれた女体が露になった。

「大樹ちゃんの前で、恥ずかしい……」

琴音は照れているが、見られたい気持ちもあるらしい。ベッドに歩み寄り、身体を見せつけるように栞奈の隣に立った。

4

「全部、脱いじゃおうか」

栞奈はそう言うなり、ブラジャーのホックをあっさりはずす。すると、思いのほか大きな乳房がまろび出た。

双つの乳肉は、張りがあるのに柔らかそうに揺れている。乳首の色が少し濃いのは、遊び慣れている証拠かもしれない。さらにパンティもおろすと、ツルリとした恥丘が現れた。

（おおっ……）

大樹は思わず腹のなかで唸った。

パイパンというやつだ。剃っているのか、脱毛サロンに行っているのかはわからない。とにかく、実際に無毛の恥丘を見るのは、これがはじめてだ。縦に走る溝が、くっきり見えるのが卑猥だった。

「ふふっ、どうかしら？」

栞奈は頬を微かに染めながら、腰に手を当てて身体を見せつける。ポーズを変えるたび、大きな乳房がタプンッと弾んだ。

「栞奈さんばっかり見ないで……」

対抗意識が芽生えたらしい。琴音も両手を背中にまわしてブラジャーのホックをプツリとはずした。

カップを弾き飛ばして、栞奈に負けず劣らず大きな乳房が現れる。たっぷりして張りがあり、栞奈よりも色が白い。ふくらみの頂点で揺れている乳首は濃いピンクだ。

（やっぱり、いいなぁ……）

大樹の視線が吸い寄せられる。

すでに見たことはあるが、それでも昔から憧れていた琴音の乳房だと思うと興奮が湧きあがった。

さらに琴音はパンティもおろしていく。やはり恥丘には黒々とした陰毛がたっぷり生い茂っている。恥ずかしそうに内股になっている姿と、剛毛のギャップが卑猥だった。

「大樹ちゃん……み、見てもいいよ」

琴音はそう言いながら、ベッドにあがってくる。

栞奈に取られそうで、焦っているのかもしれない。足もとにしゃがみこみ、スウェットパンツとボクサーブリーフをまとめて引きさげた。

「わっ、ちょ、ちょっと……」

大樹が慌てて声をあげたときは、すでにペニスが剝き出しになっていた。

ふたりの見事な女体を目にしたことで、完全に勃起している。亀頭はパンパンに張りつめて、大量の我慢汁を噴きこぼしていた。

「あの大樹ちゃんが、こんなに立派になったのね」

琴音は脚の間に入りこんで正座をする。

前回も同じようなことを言っていた。記憶はないはずなので、人の感想というのはそう変わらないのかもしれない。

「ああっ、大樹ちゃん」

琴音は喘ぐように呼びかけると、いきなりペニスを口に含んだ。

「ううッ、こ、琴音さんっ」

熱い口腔粘膜に包まれて、たまらず腰に震えが走る。手首にはめられた手錠がジャラッと鳴り、拘束されていることを自覚した。

琴音は亀頭を咥えこむと、愛おしそうに舌を這わせてくる。やさしくてねっとりとした舌の動きに反応して、ペニスはますます硬くそそり勃つ。先端から我慢汁が溢れると、琴音は躊躇することなく飲みくだした。

「あふっ……はむンっ」

「き、気持ちいいです……ううッ」

大樹が呻くことで、琴音の愛撫は加速する。ゆったり首を振り、柔らかい唇で硬直した竿をしごきはじめた。

「おおッ、す、すごいっ」

あの琴音がペニスをしゃぶっているのだ。己の股間に視線を向けると、ますます興奮が高まった。

「わたしも楽しませてもらおうかな」

栞奈もベッドにあがってくる。なにをするのかと思えば、仰向けになっている大樹の顔を逆向きにまたいで膝立ちになった。

「うおっ……」

大樹は思わず唸った。

文字どおり目と鼻の先に、栞奈の女陰が迫っているのだ。赤黒い二枚の花弁が華蜜で濡れ光り、まるで新鮮なアワビのようにウネウネと蠢いている。これほど間近で陰唇を見るのははじめてだ。

「若い男の子に舐めてもらうの、大好きなの」

栞奈が腰をゆっくり落としてくる。唇に女陰が触れて、クチュッと湿った音が響きわたった。

「うむっ……ふむぅっ」

ほとんど反射的に舌を伸ばしていた。

やり方はわからないが、とにかく割れ目を舐めあげる。柔らかい陰唇に舌を這わせて、恥裂のなかに舌先を沈みこませた。

（す、すごい……なんて柔らかいんだ）

舌と口で感じる女陰の感触に驚かされる。

顔面騎乗でのクンニリングスだ。しかも、同時にフェラチオもされている。ふたりの女性を相手にプレイするなど信じられない。かつてない体験に興奮がどんどん高まっていた。

「あンっ、いいわ……膣のなかもお願いね」

栞奈が甘い声をあげている。

大樹は彼女の反応が大きくなるところを見つけると、そこを重点的に舐めまわす。愛蜜が分泌されれば、唇を密着させてジュルジュルと吸いあげる。そして、口に流れこんでくる果汁を次々と嚥下した。

「ああっ、上手よ、ああンっ」

栞奈が興奮した様子で、股間をぐっと押しつける。女陰で口と鼻がふさがれて息ができなくなった。

「うぐッ」

手錠で拘束されているので、押しのけることはできない。しばらく我慢していたが、まだ栞奈は股間をグリグリ押しつけている。快感を貪ることに夢中で、大樹が苦しんでいることに気づいていない。

(うっ、ううっ……も、もう……)

窒息するかもしれないと思ったとき、ふいに口と鼻が解放された。肺に大量の空気が流れこみ、たまらずむせ返る。息苦しかったが、なぜか興奮したのも事実だ。これまでにない体験の連続で、ペニスはかつてないほど硬くなっていた。

「琴音ちゃん、交替よ」

栞奈が声をかけると、琴音が股間から顔をあげる。そして、恥ずかしそうにしながら大樹の顔面をまたいだ。

「あんまり、見ないで……」

そう言われても、見ないわけにはいかない。大樹は琴音の赤々とした女陰を凝視すると、自ら首を持ちあげて吸いついた。

「ああっ、大樹ちゃんっ」

琴音が甘い声を漏らして、腰を落としてくる。濡れそぼった陰唇を舐められたことで感じているのは間違いない。

(あの琴音さんが、俺の舌で……)

大樹は頭のなかが燃えあがるような興奮を覚えて、とがらせた舌を女壺にヌプリッと埋めこんだ。

「あっ、ああっ、い、いいっ」

琴音の喘ぎ声が響くなか、栞奈が大樹のペニスを舐めまわしていた。

「大きいのね……ああンっ、すごく立派よ」

いきなり口に含むのではなく、裏スジを焦らすように舐めあげる。それを何度もくり返すと、亀頭の先端は我慢汁にまみれていく。すると、ようやく亀頭にむしゃぶりついた。

「あふンっ、おいしい……チェリーくんのおチ×ポ、最高よ」

栞奈はペニスを根元まで口に含み、思いきりねぶりまわしてくる。首を激しく振り、ジュルルと音を立てて吸いあげた。

「ううッ、そ、そんなに……うむッ」

大樹は顔面騎乗されながら懸命に訴える。

これ以上されたら暴発しそうだ。ふたりがかりでいたずらされて、もう耐えられそうになかった。

「仕方ないわね。琴音ちゃんからどうぞ」

栞奈はペニスを吐き出すと、琴音に声をかけた。

「大樹ちゃん……はじめてをちょうだい」

顔からおりた琴音が、今度は股間にまたがってくる。両膝をシーツにつけた騎乗位の体勢だ。

「こ、琴音さん……」

ここまで来たら、行きつくところまで行くしかない。琴音のなかが、どれほど気持ちいいかは知っている。早く彼女のなかに入りたい。しかし、大樹は拘束されているので、すべては琴音にまかせるしかなかった。

「こんなに大きいなんて……あンっ」

琴音は太幹に指を巻きつけると、自分の膣口へと導いた。亀頭をあてがうなり、腰をゆっくり落としはじめる。先端がヌプッと入ると、あとは吸いこまれるように挿入が深まっていく。

「ああッ、い、いいっ」

「くうッ、す、すごいっ」

ふたりとも前戯で充分すぎるほど昂っている。あっという間にペニスが根元まではまり、快感の波が押し寄せた。

「大樹ちゃんとひとつに……あッ……あッ……」

琴音が腰を前後に振りはじめる。両手を大樹の腹に置き、下腹部を波打たせて股間を擦りつけるような動きだ。ねちっこくしゃくりあげると、ペニスが女壺で締めつけられた。

「ううッ、そ、そんなにされたら……」

快楽にまみれながらも、琴音が膣の奥で感じていたことを思い出す。

両手に手錠がかかっているので動きづらいが、それでも股間をグイッと突きあげた。

「あああッ、お、奥まで来ちゃうっ」

とたんに琴音の声が大きくなる。亀頭が女壺の奥に到達して、明らかに反応が激しくなった。

(やっぱり、これが好きなんだ)

大樹はここぞとばかりに股間を突きあげる。連続して亀頭をたたきこむと、琴音はヒイヒイ喘ぎはじめた。

「ああッ、ダ、ダメっ、奥ばっかり、あひいッ」

腰の振り方が激しくなり、大樹の腹に置いていた両手がスウェットをまくりあげながら胸板に移動する。そして、指先で乳首をいじりはじめた。

「くうッ」

快感が突き抜けて、低い呻き声が溢れ出す。前回も乳首をいじられたことを思い出した。

(まさか、覚えてるのか?)

大樹は股間を突きあげながら観察するが、琴音が気づいている様子はない。だが、執拗に大樹の乳首を転がしてくる。もしかしたら、自覚はなくても脳裏に刻まれているのかもしれない。

とにかく、最後の瞬間に向けてペニスを力強くたたきこむ。膣道の奥を擦りあげると、琴音の喘ぎ声が高まった。

「はあああッ、も、もうダメっ、イッちゃいそうっ」

歓喜の涙さえ流して叫んだ直後、女体がガクガクと痙攣した。

「あああッ、あああッ、イ、イクッ、イクイクううううッ!」

瞬く間に昇りつめて、膣が猛烈に収縮する。大樹は奥歯が砕けそうなほど食い縛り、ギリギリのところで耐え忍んだ。

琴音の弱い場所を知っていたので、そこを責めることでなんとか耐えることができた。しかし、琴音がどいて剝き出しになったペニスは、今にも射精しそうなほどヒクついている。こうしている間も、大量の我慢汁が壊れた蛇口のように溢れつづけていた。

「今度はわたしの番ね」

黙って見ていた栞奈が、大樹の股間にまたがってくる。

両足の裏をシーツにつけて、下肢をM字に開いた騎乗位だ。右手でペニスをつかむと、慣れた様子で亀頭を膣に迎え入れた。

「ううッ……」

濡れた膣襞が蠢いている。琴音よりもさらに熱く、愛蜜の量も多い。なにより締めつけが強く、亀頭にウネウネとからみついてきた。

「あンっ……キミ、本当にチェリー？」

栞奈が腰を落としながら問いかけてくる。

先ほどの琴音とのセックスを見て、疑問に思ったらしい。ペニスを根元まで呑みこむと、大樹の目をのぞきこんできた。

「さっき、よく耐えられたわね。はじめてなら、挿れただけで射精してもおかしくないのに……」

「そ、それが……き、緊張しすぎて……」

快楽に呻きながら、とっさに言葉を絞り出す。

はじめてのとき、緊張で勃起しないことがあるらしい。それを思い出して、苦しまぎれにつぶやいた。

「本当に緊張してるの?」

琹奈は疑いながらも、口もとに微笑を浮かべている。

「まあ、いいわ。わたしは若くてかわいい男の子と遊べればいいから」

そう言って、腰を上下に振りはじめる。屹立した男根が出入りをくり返し、ニチュッ、クチュッという湿った音が響きわたった。

「くうッ、す、すごいですっ」

腰を上下させる幅が大きいため、肉棒に受ける快感も大きくなる。しかも、琹奈は上半身を倒すと、大樹の乳首に吸いついてきた。

「うわッ、そ、それ、くううッ」

「乳首が弱いんでしょ。琴音ちゃんとセックスしてるのを見て、わかっちゃったのよね」

琹奈は楽しげに言うと、乳首をねちっこく舐めまわす。舌を這わせて唾液を塗りつけては、唇を密着させてチュウチュウ吸いたてるのだ。

「ううウッ、き、気持ちいいっ」

もちろん、その間も腰を振っている。上下に弾むような動きで、ペニスを女壺で擦りあげていた。

「あンっ……あぁンっ……わたしも気持ちいいわ」

「か、栞奈さんっ……ううウッ」

大樹は呻くことしかできない。両手を手錠で固定された状態で、騎乗位で犯されている。ペニスを女壺でしごかれて、双つの乳首を好き放題にしゃぶられているのだ。

「こ、こんなのって……くううッ、す、すぐイッちゃいますっ」

快感が次から次へと押し寄せてくる。全身の筋肉に力をこめるが、あっという間に昇りつめそうだ。

「いいのよ。いつでも出して。わたしのなかに、いっぱい出して」

栞奈が甘くささやき、腰の動きを激しくする。大樹にしがみつき、今度は耳をしゃぶりはじめた。

「ううッ……ううウッ」

くすぐったさをともなう快感がふくれあがる。身動きできない状態で、全身を貪られている錯覚に陥った。

「耳も感じるでしょう。ああンっ、もっと気持ちよくしてあげる」

栞奈の腰の動きが加速する。タンッ、タンッとリズミカルに打ちおろし、ペニスを媚肉で擦りまくる。大樹はただ呻くだけになり、ついには悦楽の大波に呑みこまれた。

「おおおおッ、で、出るっ、出ちゃいますっ、くおおおおおおおッ！」

騎乗位で犯されて、耳をしゃぶられながら思いきり射精する。ペニスは女壺の奥深くに埋まり、無数の膣襞がからみついていた。絞りあげられることで、射精が延々とつづき、快感がさらに深まった。

「あああッ、熱いっ、あああッ、イクイクッ、はあああああああッ！」

栞奈もアクメの喘ぎ声を響かせる。男をイカせることで悦びを感じるのかもしれない。大樹が達するのを見届けると同時に昇りつめた。

まさか、女性ふたりを相手にセックスするとは思いもしない。想像したことすらない激しいプレイだった。

膣からペニスが抜け落ちても、全身が蕩けそうな快楽に包まれていた。琴音と栞奈は両脇に横たわり、ハアハアと息を乱している。大樹はベッドに拘束されたまま、絶頂の余韻に浸っていた。


どれくらい時間が経ったのだろう。

気づくと部屋にいるのは大樹だけだった。

琴音も栞奈もいなくなっている。どうやら、大樹がうとうとしている間に帰ってしまったらしい。だが、大樹はスウェットの上下をしっかり着ていた。彼女たちが直してくれたのだ。

手錠で拘束されているので、自分で服を着ることはできない。彼女たちが気づいてくれて助かった。

(美波、どうしてるのかな?)

そのとき、けたたましいクラクションの音が聞こえた。さらには激しいエンジン音が接近してくる。

(な、なんだ?)

首を持ちあげて周囲を見まわした。

その直後、凄まじい衝撃でアパート全体が揺れる。一瞬で壁が崩壊して、ダンプカーの頭が見えた。

信じられないことに、ダンプカーがアパートに突っこんできたのだ。大樹はベッドに拘束されているので逃げられない。まさか自室にいて、交通事故に遭うとは思いもしなかった。

――でも、本当に死んじゃったら、わたしでも助けられないの。

美波の言葉が脳裏をよぎる。

これはさすがに美波も油断していたのではないか。迫ってくるダンプカーを見つめながら、今度こそ助からないと思う。それでも必死に身をよじり、なんとか逃げようとしていた。

目に映る物すべてが色をなくし、動きがスローモーションになる。

手錠が手首に食いこみ、激しく痛む。だが、生き残ることのほうが重要だ。たとえ手がちぎれても、生きてさえいれば美波に会える。

「くおおおッ!」

強引に手錠から手を引き抜こうとする。しかし、皮膚が裂けて血が滲むだけで逃げられない。

(クッ……死んでたまるかっ)

やっと美波と心を通わせることができたばかりなのだ。

まだ生きたい。美波といっしょに未来を築きたい。

心のなかで懸命に祈りつづける。しかし、どんなに祈ったところで、大樹の想いは天に届かない。ダンプカーの巨大で黒い影が迫り、大樹の体を覆いつくしていく。

やはり運命を変えることはできないのだろうか。

凄まじい衝撃が全身を襲った直後、まるでスイッチが切れるように意識が闇に吸いこまれた。

# 第五章　二度目のロストヴァージン

## 1

顔に光が当たっているのを感じて、大樹はふと目を開いた。

「んっ……」

（ここは……）

カーテンごしに眩い光が射しこんでいる。

首を持ちあげて周囲に視線をめぐらせると、自室のベッドの上だった。グレーのスウェットの上下を身に着けて、仰向けに横たわっていた。

慌てて枕もとを探るとスマホがあった。震える指で確認すると、また土曜日の朝だった。

（俺……生きてるのか？）

もう駄目だと思っていた。

なにしろ、手錠でベッドに拘束された状態のところに、ダンプカーがアパートの壁をぶち破って突っこんできたのだ。どんなに暴れても逃げることができず、激しい衝撃に巻きこまれた。

しかし、今、こうして見慣れた光景のなかにいる。

意識が途切れるまで、美波の姿を見かけなかったし、声も聞こえなかった。今度こそ駄目だと思ったが、また土曜日の朝に戻っていた。

どこも痛いところはないし、なにより生きている。それなのに、心から喜ぶことはできない。部屋から一歩も出なかったのに、結局、ダンプカーが突っこんできたのだ。

（もう、どうやっても……）

最終的には事故に遭うのではないか。

回避する方法があるとは思えない。ほとんどのことは、すでに美波が試しているはずだ。生きることへの執着はあるが、それと同じくらいの絶望が胸にひろがっていた。

部屋は散らかっているが、掃除をする気も起きない。大樹はベッドに寝転がったまま、天井をぼんやり見つめていた。

しばらくすると呼び鈴が鳴った。

おそらく美波が来たのだろう。大樹はようやくベッドから起きあがると、玄関に向かった。

「だいちゃん……」

ドアを開いたとたん、美波が名前を呼びながら抱きついてきた。

「おっ……ど、どうした？」

「よかった。生きていてくれて」

両腕を大樹の体にまわして、頬をぴったり寄せている。美波は涙声で「よかった」と何度もつぶやいた。

「また、美波が助けてくれたんだね。ありがとう」

胸に熱いものがこみあげる。

記憶にはないが、土曜日の朝に戻っているのだから、美波に助けられたのは間違いない。美波の気持ちを感じたことで、落ちこんでいる場合ではないと気がついた。

美波を部屋にあげると、ならんでベッドに腰かける。そして、身体を寄せたまま言葉を交わした。

「ごめんね。まさか、あんなことになると思わなくて……」

美波が瞳に涙を滲ませながら謝ってくる。

「謝らなくていいよ。アパートにダンプが突っこんでくるなんて、誰も予想できないよ」

苦笑を漏らすしかない。こうなってくると、どうやっても事故に遭う気がしてならなかった。

「そういえば、あの夫婦はどうなったの？」

「近くの公園でふたりの話を聞いたの。なんとか仲直りさせたとき、アパートのほうから大きな音が聞こえたから、慌てて戻ったら……」

そこで美波はいったん言葉を切って黙りこんだ。

衝撃的な光景が脳裏に浮かんでいるのかもしれない。アパートは崩壊して、メチャクチャになっていたはずだ。

「俺……どうなってたの？」

「すごい怪我だった……血まみれで……もうダメかと思ったけど、脈があったから……」

懸命に祈ったという。

美波の到着が少しでも遅れていたら、大樹は命を落としていただろう。死んでしまったら、美波でも時間を戻すことはできない。瀕死の重傷を負ったが、かろうじて息があったから助かったのだ。

「美波……ありがとう」

あらためて礼を言う。

すでに土曜日を百回以上もくり返しているという。それなのに、美波はあきらめずに助けてくれた。

(美波はずっとがんばってくれてるんだ。俺だって……)

絶対にあきらめるわけにはいかない。美波を笑顔にするために、なんとしても生きようと決意を新たにした。

美波が宮司になるための試練なら、大樹の死を回避する方法があるはずだ。しかし、いくら考えてもわからない。美波は思いつく限りのパターンを試したという。部屋から一歩も出なくても、結果は同じだった。

「あと、どんな方法があるんだ……」

大樹は思わずぽつりとつぶやいた。すると、美波が大樹の手を取り、指をからませて強く握った。

「あのね……もうひとつだけ、試したいことがあるの」

声は穏やかだが、彼女の覚悟が伝わってきた。

これまで、あらゆるパターンを試してきて、ことごとく失敗したが、まだほかにも案があるという。だが、美波の表情は今ひとつ冴えない。なにか気になることでもあるのだろうか。

「俺はなにをすればいいの？」

「うん……あとで説明するよ」

美波はそう言ったきり、思いつめたような顔で黙りこむ。そして、大樹の手を握ったまま、ベッドから立ちあがった。

「出かけるから準備して」

「外に出るの？」

不思議に思って聞き返す。これまで、さんざん外には出るなと言われていたので意外だった。

「大丈夫。なにかあったら、わたしが時間を戻してあげる」

美波は柔らかい微笑を浮かべている。だが、無理をしているように感じたのは気のせいだろうか。

だが、なにか案があるなら試すべきだ。

大樹はスウェットの上にブルゾンを着て、美波はダッフルコートを羽織る。そして、周囲に注意しながら外に出た。

いつ車が突っこんでくるかわからない。白いセダンかもしれないし、ダンプカーかもしれない。ほかの車でも安心できなかった。

「向こうに行くよ」

美波が歩道を進もうとするが、大樹は慌てて前に出た。

「待って。俺が先に行く」

彼女を背後に庇って歩きはじめる。

どこに向かっているのかは聞いていない。とにかく、美波の指示に従って歩道を進んだ。

前方の路地からダンプカーが出てくるのが見えた。アパートに突っこんできたあのダンプカーだ。

「やばいっ」

とっさに振り返ると、美波に向かって手を伸ばす。

ダンプカーは大樹に向かって突っこんでくるはずだ。だから、自分から離れていれば美波は安全だ。近くの家の庭に逃がそうとしたとき、なぜか美波は両手で大樹の胸を突き飛ばした。

「なっ……」

予想外の出来事だ。大樹はバランスを崩し、その場に尻餅をついた。

「だいちゃん、ごめんね」

美波は涙を浮かべて微笑むと、ダンプカーに向かって走り出す。

その姿を見た瞬間、すべてが理解できた。美波が試そうとしているのは、自分が先に撥ねられるパターンだ。身を挺することで、大樹の運命が変わるかもしれないと考えたのだ。

「み、美波っ！」

大樹はすぐに立ちあがって追いかける。

美波は道路の真ん中を走っていた。正面からダンプカーが猛スピードで迫っている。ダンプカーは大樹に向かっているはずだ。しかし、美波は道路の中央にいるため、このままでは撥ねられてしまう。

（絶対に死なせない。俺ひとりが生き残っても意味がないんだ！）

なにがあっても絶対に助ける。そう思って歯を食い縛り、とにかく全力で追いかけた。

右手を伸ばして美波の肩をつかむと、力いっぱい引き寄せる。ダンプカーは目前まで迫っていた。もう逃げる余裕はない。美波の身体を抱きしめると、ダンプカーに背中を向けた。

「だいちゃん、離してっ」

「おまえは俺が守るっ」

叫んだ直後、凄まじい衝撃が全身を襲う。美波を抱きしめたまま、宙に放り出されて回転する。

（ダメだったか……）

地面を見おろして、心のなかでつぶやいた。

美波は大樹にしがみつき、両目を強く閉じている。このまま頭から落下すれば、ふたりとも命が危ない。美波が大怪我を負えば、もう時間を戻すことはできなくなるだろう。

（せめて、美波だけでも……）

そう願って空中で身をよじる。しかし、全身を路面に強く打ちつけて、意識が途切れた。

2

「うっ……」

眩い光が降り注ぎ、大樹は重たい瞼をゆっくり開いた。

自室のベッドではない。

（あれ、ここは……）

窓のカーテンが全開になっており、朝の眩い光が射しこんでいる。無意識のうちに枕もとを探るが、スマホがなかった。

「具合はいかがですか？」

気づくと白衣姿の女性がのぞきこんでいた。

どうやら、看護師らしい。ここは病院だ。ダンプカーに撥ねられて、病院に搬送されたのだろうか。

「あ、あの、いっしょにいた――」

　美波がどうなったのか心配だ。まっ先に尋ねると、看護師はにっこり微笑んでうなずいた。

「大丈夫です。ピンピンしてますよ」

　念のため入院したが、美波は奇跡的にかすり傷ひとつないという。

「先生を呼んできますね」

「あっ、ちょっと……」

　大樹は看護師を呼びとめた。

「今日は、何曜日ですか？」

　恐るおそる尋ねると、彼女は不思議そうに首をかしげる。そして、すぐに答えてくれた。

「日曜日です。検査をして問題なければ、すぐに退院できますよ」

　看護師が病室から出ていくと、胸にじわじわこみあげてくるものがあった。

（日曜日……今日は日曜日なのか）

　ついに土曜日を乗りこえた。ようやく日曜日の朝を迎えたのだ。横になったまま、思わず両手の拳を握りしめた。

「だいちゃん……」

名前を呼ばれて、病室の入口に視線を向ける。

そこには薄ピンクの入院着に身を包んだ美波が立っていた。目が合うなり涙ぐみ、スリッパをパタパタさせながら近づいてくる。

「美波、やった。やったぞ」

大樹は上半身を起こすと、美波ときつく抱き合った。

「うん……うん……」

美波は涙を流して言葉にならない。大樹の胸に顔を埋めて、いつまでも肩を震わせていた。


夕方、大樹はアパートの自室に戻った。

自分のベッドに腰かけると、安堵が胸にひろがっていく。

軽い打撲とかすり傷だけですんだ。頭も打っていたが、CT検査の結果、異常は見当たらなかった。

隣に座っている美波は、かすり傷さえなく、医者も奇跡だと言っていた。

「だいちゃん、よかったね」

美波がにこにこしながら語りかけてくる。

しかし、大樹は喜んでばかりもいられなかった。結果としてふたりとも生きているからよかったが、もし美波だけ死んでいたらと思うと複雑な気分だ。

「どうして、あんなことしたんだよ」

「あんなことって？」

美波はきょとんとした顔をしている。自分がどれほど無謀なことをしたのか、わかっていないのだろうか。

「せめて、先に説明してくれてもよかったんじゃないか。いきなり、ダンプに向かって走っていくなんて……」

「だって、先に話したら、絶対に反対するでしょ」

「それは、まあ……」

大樹はなにも言えなくなってしまう。

確かに、そんな無謀な提案をされたら、即座に反対していただろう。美波は大樹の性格をわかっているからこそ、事前に伝えなかったのだ。

（完全に読まれてるな……）

気心の知れた幼なじみなので、大抵のことはわかってしまう。それが楽なところでもあり、困るところでもあった。

「でも、もし死んでたら宮司を継げなかったんだぞ」

どうしても納得がいかずに話を蒸し返す。

そもそも美波が宮司を継ぐための試練だったのだ。美波が死んでしまったら元も子もない。どうして、あんな一か八かの賭けができるのか不思議だった。

「そのことは、もういいじゃん。ふたりとも助かったんだし」

「よくないよっ」

思わず声が大きくなってしまう。

美波が肩をビクッと震わせる。頭の片隅ではまずいと思っているが、もうとめられなかった。

「美波のいない人生なんて考えられないんだ。だから、あんなことは、もう絶対にしないって約束してくれ」

「わたしのこと、そんなに心配してくれてたんだ……うれしい!」

いきなり、美波が首に抱きついてくる。そして、頬や額にキスの雨を降らせてきた。

「お、おい……」

「わ、わかったから……俺の話、聞いてたか?」

抱きつかれてキスされると、つい顔がにやけてしまう。すると、美波もニコニコして頬を擦りつけた。

「うん、聞いてたよ。もう危ないことはしない。約束する」

「それなら、いいけど……でも、どうして大丈夫だったんだ?」

今ひとつわからなかった。

ふたりとも命を落とすことなく、日曜日を迎えられた。試練を乗りこえたのは喜ばしいことだが、美波の行動のなにが正解だったのだろうか。大樹を庇ってダンプカーに向かったことだとしたら、あまりにも過酷すぎる。下手をすれば、本当に美波だけが命を落とすことになりかねない。

「今朝、実家に電話をしたの。そのときに全部教えてもらったよ」

美波がさらりとつぶやいた。

「えっ、早く教えてくれよ」

「ごめんね。なんかタイミングが合わなくて」

まだ大樹が寝ている間に、病院から実家に電話をかけたという。

母親と話をして、試練を乗りこえたことを褒められたらしい。そして、試練のことを詳しく聞いていた。

宮司になるには三つの条件をクリアしなければならない。

まずは、自分が決めた相手と結ばれること。そして、互いのことを深く理解すること。さらには、自分の命を惜しまず助け合おうとすること。この三つの条件を満たしたとき、はじめて試練を乗りこえられるという。

「だいちゃんがわたしのことを助けようとしてくれたでしょ。それが最後のキーだったんだよ」

「俺が……最後の……」

考えてみれば、美波に助けてもらうばかりで常に受け身だった。命を懸けて助け合うことが必要だったのだ。

「お母さんとお父さんも、似たようなことがあったんだって」

美波の言葉ではっとする。

あの虫も殺せないような父親が、命がけで母親を守ったことがあるらしい。人は見かけによらないものだ。頼りなく見えるが、やるときはやる男なのだろう。

「だいちゃん、カッコよかったよ」

またしても美波が抱きついてくる。

「お、おい……」

「なんか、病院のにおいがついてるね」

美波が顔をすっと離した。

そう言われると、そんな気がしてくる。確かに、消毒液のにおいが全身にこびりついていた。

「風呂に入るか」

大樹が語りかけると、美波は頬をぽっと染めあげる。

「な、なに言ってるの」

「ガキのころ、よくいっしょに入ってたじゃないか」

脳裏に遠い昔の光景が浮かんだ。

幼いころ、いつも泥だらけになって遊んでいた。そのあと、どちらかの家でよく風呂に入ったのを覚えている。

「今さら照れることないだろ」

「て、照れるよ……だって、もう子供じゃないし……」

美波は耳まで赤くなっている。先ほどまで積極的に抱きついていたのに、しきりに照れる姿がかわいかった。

3

「やっぱり、恥ずかしいよ」

バスルームの外から美波の声が聞こえた。

「大丈夫だって、早く入りなよ」

大樹はシャワーをとめると、ドアごしに声をかける。

先に入ってと言われて、シャワーを浴びながら待っていた。服を脱ぐところを見られたくないらしい。すでにセックスしているのに恥じらいを忘れない美波を、なおさら愛おしく感じた。

バスルームの壁はクリーム色だ。浴槽にはすでに湯が張ってある。美波といっしょに入浴できると思うと、それだけでペニスが硬くなった。

「だいちゃん、わたしはあとで……」

曇りガラスに美波の裸身が透けていた。

バスルームの前まで来て、羞恥がこみあげたのだろう。大樹はドアを開けると、美波の手をつかんで招き入れた。

「大丈夫だよ」

「あ、あんまり見ないで……」

美波はまっ赤に染まった顔をうつむかせる。

自分の身体を抱きしめると右手で乳房を、左手で股間を覆い隠す。内股になって、しきりにもじもじしている。黒髪をアップにしているのが新鮮だ。首すじや白いうなじが剝き出しになっているのが色っぽい。

「この前も見てるんだから、恥ずかしがることないだろ」

大樹はそう言いつつ、自分も顔が赤くなっているのを自覚する。

剝き出しのペニスを見られるのが恥ずかしい。すでに思いきり勃起しているのだ。先ほどから、美波がチラチラ見ているのも刺激になっていた。

「どうして、そんなに大きくなってるの？」

「そ、それは……美波のことが好きだからだよ」

苦しまぎれの言葉だが、美波はますます顔を赤くする。

「もう……」

頰をふくらませるのも照れ隠しだ。本当は美波もこの状況を楽しんでいるに違いない。

「美波も見せてくれよ」

大樹は彼女の手首をつかむと、身体からそっと引き剝がした。

「あっ……」

美波の唇から小さな声が漏れる。しかし、いやがることなく、そのまままきれいな身体を晒してくれた。

ほどよいサイズの乳房は張りがあり、淡いピンクの乳首は愛らしい。肉厚の恥丘にそよぐ陰毛はごくわずかだ。恥丘の白い地肌と縦に走る溝がはっきり透けていた。

(やっぱり、最高だ……)

思わずうっとり見惚れてしまう。

はじめてだった前回はまったく余裕がなかった。だが、今はじっくり観察することができる。美波の美しい身体を、隅から隅まで愛したかった。

「美波……」

白い女体を抱きしめる。すると、勃起したペニスが彼女の下腹部に触れて、グッと圧迫した。

「硬いのが当たってる」

美波の顔がますます赤くなった。

「身体、流してあげるよ」

興奮を押し隠して、美波の身体をシャワーで流していく。さらにはボディソープを手のひらで泡立てて、まるみを帯びた肩にそっと押し当てた。

「く、くすぐったいよ」

美波が肩をすくめてつぶやくが、大樹は手をゆっくり動かしつづける。肩から乳房へと移動すると、双つのふくらみをやさしく包みこんだ。

「あンっ……」

手のひらが乳首に触れると、美波の唇から甘い声が溢れる。

女体に小さな震えが走り抜けて、乳首がぷっくりふくらんでいく。そこに泡を塗りつけながら、ゆっくり撫でまわした。

「あっ……そ、そこは……」

「硬くなってきたよ。感じてるんだね」

大樹も興奮して、ペニスがますます硬くなっていく。先端からは我慢汁が大量に溢れていた。

（でも、まだ……）

今日はじっくり楽しみたい。それに気になっていることがあった。

「美波……ヴァージンなんだろ？」

瞳を見つめて問いかける。

はじめて同士で交わったのは確かだ。しかし、土曜日をくり返したことで、肉体はリセットされている。男の場合は影響が少ないが、女性は処女膜が戻っているのではないか。

「う、うん……」

美波はこっくりうなずいた。

身体が穢れのない状態に戻ったことで、心もヴァージンに戻っているのかもしれない。そう考えると、美波がしきりに恥じらうのも納得がいく。そういうことなら、より大切に扱わなければならない。

「大丈夫だよ。俺にまかせて」

大樹はやさしく声をかけると、美波の身体に付着した泡をシャワーで洗い流して、浴槽の縁に座らせた。

「な、なにをするの？」

「ちゃんとほぐしておかないと」

目の前にしゃがんで彼女の膝をつかむと、左右にゆっくり押し開いていく。

「ま、待って……」

「だ、大丈夫だよ……大丈夫だから」

自分がリードしなければならないと思うが、興奮で声が震えてしまう。

だんだん内腿の奥が見えてくる。そして、ついにサーモンピンクの陰唇が露になると、思わず双眸を見開いて凝視した。

(こ、これが……美波の……)

まったく形崩れのない初心な割れ目だ。経験を積んできたからこそ、なおさらヴァージンの女陰が尊いものに感じられた。

「み、見ないで……」

美波の声が震えている。前回の記憶があるはずなのに、やはり心もヴァージンに戻っているのだろう。

大樹は両手を内腿に押し当てると、顔を股間に寄せていく。そして、穢れのない陰唇に口づけした。

「あぁっ」

美波の唇から恥じらいの声が溢れ出す。それと同時に女体がビクッと敏感に反応した。

「そ、そんなところ、汚いから……」

「美波の身体に汚いところなんてないよ」

舌を伸ばして、二枚の陰唇を交互に舐めあげる。

決して焦ることなく、時間をかけて何度もくり返す。すると、花弁の狭間から透明な汁がじくじく湧き出した。それを舌先で塗り伸ばして、さらなる愛撫を加えていく。

「ダ、ダメ……あぁンっ」

美波は困惑の声を漏らしながらも感じている。ときおり、内腿に小刻みな痙攣が走り、愛蜜の分泌量がどんどん増えていた。

(だいぶ、ほぐれてきたな)

舌先を女陰の狭間に潜りこませる。内側の柔らかい粘膜もじっくり舐めまわすと、女体の震えが大きくなった。

(よし、そろそろ……)

もう挿入できるかもしれない。

陰唇から口を離して立ちあがる。最後は湯に浸かりながらと決めていた。美波の手を取り、浴槽へ導こうとする。

「待って……今度はだいちゃんが座って」

そのとき、美波に引きとめられた。

「俺が座るの？」

不思議に思いながらも浴槽の縁に腰かける。すると、美波が目の前にしゃがみこんで、そそり勃ったペニスに顔を寄せた。

「わたしも、してあげる」

「む、無理しなくても——おおおッ！」

大樹の声は途中から快楽の呻き声に変わっていた。

驚いたことに、美波がいきなり亀頭を口に含んだのだ。そのまま飴玉をしゃぶるように舌を這わせてくる。ぎこちない動きだが首も振り、太幹を唇でしごきはじめた。

「あふっ……はむンっ」

ヴァージンだけれど、純粋なヴァージンではない。

すでに初体験をすませた記憶があるので、次のステップに進みたい気持ちもあるのではないか。彼女の大胆な行動から特殊な心理が読み取れる。男女の違いはあるが、大樹も同じ立場なので、なんとなくわかる気がした。

「ううっ……き、気持ちいいよ」

感じていることを素直に口にする。

なにより、美波にペニスをしゃぶられているのがうれしい。竿を唇でしごかれて、亀頭に舌を這わされているのだ。ペニスはさらに大きくなり、我慢汁が大量に溢れ出した。

「だいちゃん……あふンっ」

美波はくぐもった声で名前を呼びながら首を振っている。

これほど大胆なヴァージンがいるだろうか。我慢汁を躊躇なく飲みくだし、カリの裏側にも舌を這わせていた。

「ううウッ……も、もう、それくらいで」

大樹はたまらず声をかける。

これ以上つづけられたら暴発してしまう。彼女の頭を両手でつかみ、股間から引き剝がした。

「あンっ……どうしたの？」

美波が不服そうな顔で見あげる。

ペニスをしゃぶることに夢中になっていたらしい。やはり純粋なヴァージンとは違う気がした。

「美波とひとつになりたいんだ」

想いをストレートに告げると、美波はこっくりうなずいた。

「わたしも……だいちゃんとひとつになりたい」

ふたりの気持ちは、挿入する前からひとつになっている。

大樹は美波の手を取り、浴槽へと導いた。まずは大樹が脚を伸ばして湯に浸かる。そして、美波は大樹の股間をまたいで立ち、そこから腰をゆっくり落としはじめた。

美波は両手を大樹の肩に置いている。女体が浴槽に浸かると、湯が縁から溢れ出した。

「あっ……」

湯のなかで、亀頭の先端が女陰に触れる。とたんに美波の唇から甘い声が溢れ出した。

「だいちゃん……」

見つめてくる瞳が微かに揺れている。

挿れたい気持ちはあるが、破瓜の恐怖もよみがえったのだろう。それでも、美波は自ら腰を落としこんできた。

「あッ……ああッ」

「ゆ、ゆっくりでいいよ……くおおッ」

亀頭が陰唇を押し開き、ずっぷりと入りこむ。彼女の体重が股間にかかることで、一気に処女膜を突き破った。

「はううッ」

美波が眉を八の字に歪めて、背すじを大きく仰け反らせる。

肉柱で貫かれた衝撃が、脳天まで突き抜けたに違いない。しかし、苦しげな顔をしたのは一瞬だけで、すぐに唇を半開きにして吐息を漏らした。

「ああンっ……だいちゃん、ひとつになったね」

「痛くないの？」

大樹のほうがとまどってしまう。今、処女膜が破れたばかりなのに、もう彼女は腰をよじらせている。

「大丈夫、それより……ああンっ、なんかムズムズするの」

美波は吐息まじりにつぶやいた。

これが二度目のロストヴァージンだ。女体は前回の体験を記憶しているのかもしれない。前回と同じペニスというのもよかったのかもしれない。なにより、大樹は美波がこの人と決めた男だ。

「じゃあ、動かすよ」

大樹は両手を彼女の尻にまわしこみ、股間を慎重に突きあげた。

「あっ……あっ……」

すぐに美波の唇から喘ぎ声が溢れ出す。

早くも男根と女壺はなじんでいる。カリが膣壁を擦りあげれば、女体がガクガクと震えはじめた。

「ああッ、そ、それ、いいっ」

美波が強くしがみついてくる。そして、彼女もペニスの突きこみに合わせて、股間をクイクイとしゃくりあげた。

「おおおッ、き、気持ちいいっ」

たまらず大樹も声を漏らす。

膣襞が肉棒にからみつき、思いきり締めつけられる。我慢汁がどっと溢れて、自然と腰の動きが速くなった。

「ああッ、ああッ……だ、だいちゃんっ」

「み、美波……くううッ」

狭い浴槽のなかで、対面座位でつながっている。息を合わせて腰を振り合うことで、ふたりは急速に高まっていた。

「あンっ、ああンっ、すごいっ、すごく気持ちいいよっ」

「お、俺も、気持ちいいっ、おおおッ」

相手が感じてくれるから自分も感じる。

快感が快感を呼び、腰の振り方がどんどん大きくなっていく。浴槽の湯が大きく揺れて、縁からザブザブ溢れ出す。その音すら愉悦を高めるスパイスとなっていた。

「ああああッ、だいちゃん、好き、好きっ」

「美波っ、好きだっ、大好きだっ」

腰を振り合いながら、どちらからともなく唇を重ねていく。舌をからませて唾液を交換すると、なおさら快感が高まった。

対面座位でのディープキスだ。身体を密着させて、上の口でも、下の口でもっながっている。全身でお互いを感じることで、快感はさらに高いステージへとあがっていた。

「ううッ、も、もう出そうだっ」

大樹はたまらず訴える。ペニスが小刻みに震えて、今にも暴発しそうだ。全身の筋肉に力をこめるが、もうこれ以上は耐えられない。

「あああッ、わ、わたしも、はあああッ」

美波も切羽つまった声をあげる。自ら股間をしゃくりあげて、ペニスを思いきり締めつけた。

「くううッ、で、出るっ、出る出るっ、ぬおおおおおおおッ!」

湯のなかで女体を抱きしめて、ついに精液を噴きあげる。愛する人のなかで達するのは、この世のものとは思えないほどの快楽だ。膣の深くに埋めこんだペニスが暴れまわり、かつてないほど大量の精液を解き放った。

「あああッ、い、いいっ、イクッ、イクイクッ、あぁあああああああッ!」

美波もアクメのよがり泣きを響かせる。

大樹の背中に爪を立てて、女体を密着させた状態で昇りつめていく。全身をガクガク震わせながら、ペニスをこれでもかと締めつける。二度目のロストヴァージンで、凄まじいまでの絶頂に達していた。

ふたりは浴槽のなかで抱き合い、同時に絶頂を貪った。

童貞と処女に戻り、再び身体を重ねたのだ。心も通わせてのセックスは、感涙にむせぶほどの快楽をふたりに与えてくれた。

（もう、離さない……）

大樹は心のなかでつぶやき、女体にまわした手に力をこめる。すると、美波も大樹の体に強くしがみついてきた。

「大学を卒業したら、いっしょに田舎に帰ろう」

耳もとでささやくと、美波はこっくりうなずく。涙を流しているのか肩が小刻みに震えていた。

「だいちゃん……好き」

美波の声が胸に染み渡っていく。

こんなにも勇気づけてくれる言葉はほかにない。熱いものがこみあげて、涙となって流れ出す。こうして抱き合っているだけで心が癒される。こんな気持ちになるのは美波だけだ。

平凡な自分にも、できることはあるはずだ。誰よりも近くで彼女のことを見守っていたい。

再び唇を重ねて、舌を深くからめ合う。ふたりとも泣いていた。人は幸せすぎても涙を流すものらしい。

大樹は感動を胸に刻みこみ、愛する人を一生守っていくと心に誓った。

＊この作品は、書き下ろしです。また、文中に登場する団体、個人、行為などは実在のものとはいっさい関係ありません。

二見文庫

誘惑《ゆうわく》は土曜日《どようび》の朝《あさ》に

2021年12月25日　初版発行

著者　葉月奏太《はづきそうた》

発行所　株式会社 二見書房
東京都千代田区神田三崎町2-18-11
電話 03(3515)2311［営業］
03(3515)2313［編集］
振替 00170-4-2639

印刷　株式会社 堀内印刷所
製本　株式会社 村上製本所

落丁・乱丁本はお取り替えいたします。
定価は、カバーに表示してあります。

ISBN978-4-576-21194-7
https://www.futami.co.jp/